U0584515

苏辛 著

岁月山川，是我写给你的
情书

细品至美宋词里的
五种深情

中国青年出版社

**图书在版编目（CIP）数据**

岁月山川，是我写给你的情书：细品至美宋词里的
五种深情／苏辛著 . -- 北京：中国青年出版社，2024.
12. -- ISBN 978-7-5153-7530-4

Ⅰ . I207. 23

中国国家版本馆 CIP 数据核字第 2024MY2110 号

**岁月山川，是我写给你的情书：细品至美宋词里的五种深情**

作　　者：苏辛

责任编辑：罗静

书籍设计：SUA DESIGN（封面）　仙境（版式）

出版发行：中国青年出版社

社　　址：北京市东城区东四十二条 21 号

网　　址：www.cyp.com.cn

编辑中心：010-57350508

营销中心：010-57350370

经　　销：新华书店

印　　刷：北京盛通印刷股份有限公司

规　　格：787mm×1092mm　1/32

印　　张：8. 625

字　　数：124 千字

版　　次：2024 年 12 月北京第 1 版

印　　次：2024 年 12 月北京第 1 次印刷

定　　价：68. 00 元

本图书如有任何印装质量问题，请凭购书发票与质检部联系调换。

联系电话：010-57350337。

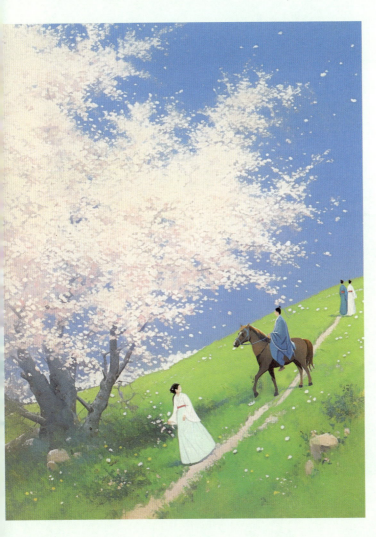

春日游，杏花吹满头。陌上谁家年少足风流？

韦庄 《思帝乡》

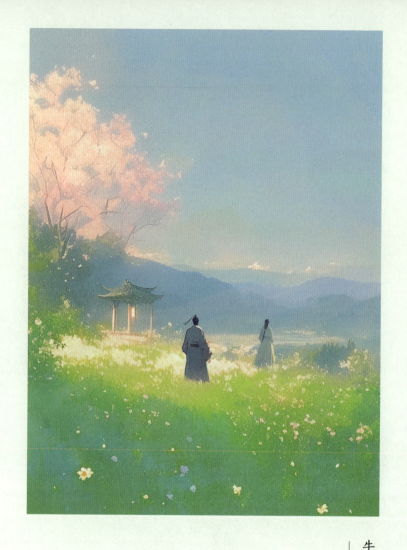

春山烟欲收，天淡稀星小。

记得绿罗裙，处处怜芳草。

牛希济 《生查子》

夜来幽梦忽还乡，小轩窗，正梳妆。

苏轼《江城子·乙卯正月二十日夜记梦》

小径红稀，芳郊绿遍，高台树色阴阴见。
一场愁梦酒醒时，斜阳却照深深院。

晏殊《踏莎行·小径红稀》

谁在秋千，笑里轻轻语？

一寸相思千万绪，人间没个安排处。

李冠《蝶恋花·春暮》

塞下秋来风景异，衡阳雁去无留意。

四面边声连角起。千嶂里，长烟落日孤城闭。

范仲淹《渔家傲·秋思》

天接云涛连晓雾，星河欲转千帆舞。

仿佛梦魂归帝所。

闻天语，殷勤问我归何处。

李清照《渔家傲·记梦》

洞庭青草，近中秋、更无一点风色。

玉鉴琼田三万顷，着我扁舟一叶。

张孝祥《念奴娇·过洞庭》

醉里挑灯看剑，梦回吹角连营。

八百里分麾下炙，五十弦翻塞外声，

沙场秋点兵。

辛弃疾《破阵子·为陈同甫作壮词以寄之》

不是爱风尘，似被前缘误。

花落花开自有时，总赖东君主。

严蕊《卜算子·不是爱风尘》

束缊宵行十里强，挑得诗囊，抛了衣囊。

天寒路滑马蹄僵，元是王郎，来送刘郎。

刘克庄《一剪梅·余赴广东，实之夜饯于风亭》

我是清都山水郎，天教分付与疏狂。

诗万首，酒千觞。几曾着眼看侯王？

朱敦儒《鹧鸪天·西都作》

而今听雨僧庐下，鬓已星星也。

悲欢离合总无情，一任阶前点滴到天明。

蒋捷《虞美人·听雨》

凭寄离恨重重，
这双燕，
何曾会人言语。
天遥地远，
万水千山，
知他故宫何处。

赵佶《宴山亭·北行见杏花》

　　偶尔想到一件事，忍不住笑了起来：

　　宋代那些名垂青史的文人，几乎个个都是世人眼中的倒霉蛋儿啊。而且，他们作品的受欢迎程度，好像还跟他们的倒霉程度成正比。

　　苏东坡几乎是倒霉蛋儿第一人。前期因反对王安石变法，他遭逢了著名的"乌台诗案"，差点送掉性命；中期旧党得势，他短暂回到权力中枢，平步青云没几天，又因不愿全盘否定王安石而自请外放（难怪朝云说他"一肚子不合时宜"）；后期宋哲宗亲政，新党卷土重来，他又被一贬再贬，一直被贬到北宋版图的最南端儋州（今海南省儋州市）。多年贬谪生活

中，他常常居无室、食无肉、病无药、出无友，可谓
"四无"中年。偏偏他的诗词却越写越好，越来越受欢
迎了。在交通那般不便的时代，他的新作一出，不久
就能从遥远的贬所流传到京城，搞得政敌坐立不安，
立刻把他再贬远一点。

　　欧阳修也是个有名的倒霉蛋儿。以他的聪颖天资，
科举居然两次落榜，有相关说法认为第一次未能夺魁
可能因为他过于自信或者锋芒毕露。这件事暗示了他
性格底色里的倔强。果不其然，其后在开封代知府范
仲淹与宰相吕夷简的人事斗争中，欧阳修勇往直前，
坚定扛起"护范"大旗，最终也随着范仲淹的被贬而
被贬。可他没从这件事中吸取教训。几年后，范仲淹
与韩琦、富弼等人在宋仁宗的支持下开始推行"庆历
新政"，政敌抨击他们是"朋党"。欧阳修不顾宋仁宗
忌讳"朋党"，写下《朋党论》这篇雄文，梗着脖子
说，自己跟这些人就是朋党，只不过是忧国忧民、为
国为民的"君子之党"。不久后，"庆历新政"失败，

欧阳修又一次开始他的贬谪生涯。

其他如范仲淹、秦观、黄庭坚、李清照、朱敦儒等人，也各有各的霉运与坎坷。相似的是，越是经历淬炼，他们的创作技艺越是精进，最后竟至炉火纯青。而那些在坎坷中诞生的作品，也越发具备穿越时空、打动人心的力量，千年之后，依然令读者心头一震，如逢知音。

清代诗人赵翼有诗云："国家不幸诗家幸，赋到沧桑句便工。"或可用来解释这种现象。唯有诗人经历过足够多的不同境遇，才会体味到足够多的情感状态，才能以生花妙笔将其呈现。宋词动人，不只在美妙辞藻，更在词人灌注于笔端的深情——那是一个灵魂被命运煎熬出的精华，也是一个生命留给其他生命的呼声。一旦读懂，你灵魂内便会盈满"活着"的醍醐之味，也从此不会感到孤独。

在这个层面上，这些词作，确是古人跋涉了万里江山，泅渡了千年光阴，寄给会心者的情书。

必须是"情"书啊！时势易改，人性却难移。千年之后，多数人不再关心，也无力判断当年朝堂上的是非曲直，许多在当时权势滔天、只手遮天的重臣，名字只在厚厚的史册里积灰，不再被普通人记得。而写透了人类爱欲、热忱、孤独、迷惘的这些人，却常常被记起，常常被怀念，因为能打动人的，一直都是情感。

我也不例外。

少女时代第一次读到《如梦令》，惊艳非常。这炫目、悦耳又活泼的美，立刻捕获了我。之后多方搜求能读到的一切词作，每得一首，如获至宝，必要工整誊写，反复背默。甚至，高考前一个月，同窗们都在刷卷子，我却裁了一个小手账，把能一字无讹背诵的词作又默写了一遍，写完后心满意足。

待到离开学校进入社会，又常在通勤路上、会议间隙，忽然被几句词击中。它们是我私藏的多味糖果，时不时独自品尝。而词人们则是异时空的朋友或熟人，于孤独时慰藉我——"嘘！此刻的你，我懂得。"

他们确实懂得。不是懂得我，而是懂得人类。

"妾拟将身嫁与一生休。纵被无情弃，不能羞"，是一见钟情后敢于承担后果的孤勇；

"记得绿罗裙，处处怜芳草"，是对恋人的信任，对整个世界的欣赏和善意；

"一寸相思千万绪，人间没个安排处"，是对"生命就是时时刻刻不知如何是好"的诠释；

"闻天语，殷勤问我归何处"，是对一生意义的终极追问；

"了却君王天下事，赢得生前身后名。可怜白发生"，是壮志难酬者共同落下的一掬热泪；

"拣尽寒枝不肯栖，寂寞沙洲冷"，是宁肯孤独亦不愿改变心志者的寂寞与骄傲；

"悲欢离合总无情，一任阶前点滴到天明"，是历经沧桑后不再为外界动心的冷静或曰木然……

第一次读到这些句子，它们就以独特的光芒照亮了我，而真正懂得它们，却是年纪渐长之后的事。一个人一生能彻底懂得的句子是有限的。懂得，需要切身经历，用心思考。这要求阅历和智慧，所以中年时再回顾少年时读过的作品，很有可能会惊讶地发现，它与你记忆中的简直完全不同。甚至，创作者自己写下某些句子时，也不一定明白它的深度和广度。因为作品一旦完成，就脱离了作者而存在——有越多读者阅读它、理解它、阐释它，它就会具备越多的层次和内涵。我今日以为的"懂得"，也仅是自以为的罢了。

在人世间走着，活着，许多句子已渐渐凋落在岁月的锦灰堆里。而未曾凋落的这些，却越发明净闪亮。于是，终究忍不住用自己的视角把它们阐释出来，想让我的读者知道：你看，在不同地方生活着的你我，有着相似的思考，相似的懂得。

回顾初心，词最早令我痴迷的，便是它的辞藻之美和它内含的深情。于是，按照爱情、闲愁、豪情、风骨、世情等五种宋词中常见的情感，我选出了二十二首自己喜爱的词作来进行阐释。因为落脚点是情，便不一定都有作者的生平故事，也不一定都是逐句解析（大多数是），更多的是故事交映故事，心灵碰撞心灵，是古人投下的一枚珍珠，在今人心头振荡出的波纹。

我写得真诚，也期望您读得会心。

爱情

生命中不可承受之轻：

人间没个安排处：

为愁绪画影图形：

用一生倔强，去完成名字的预言：

究竟是谁的骨头，在风中铮铮作响：

疏狂，是我给这跌宕人世开出的解药：

# 爱情

　　爱情，是两个个体之间能发生的最荡人心魄的事。

　　爱情的发生总是相似的。只是在人群中多看了你一眼，甚或，只是听他人一直不断地提起你，便有一缕情丝牵扯不断，甚至，无意间埋下一粒情种，机缘合适，它就长成苍郁大树，遮天蔽日。

　　相爱的方式则各有各的不同。有举案齐眉，也有相爱相杀，有与子偕老，也有分道扬镳……相同的是，每一个经过爱情洗礼的人，对生命的深度、感情的烈度和自身的美好与卑污，都有了更明晰的照见。

　　而爱情的尽头，无一例外，都是离别。生离，或死别。或许是爱意燃尽，或许是情势相逼，或许是死神降临，曾拥有者终于失去，曾欢笑者泪落如雨。

　　何以慰藉？唯有记忆。余生枯槁寒冷之时，唯有记忆如微火，以温吞暖意熨帖心房。

　　而诗词，便是铭刻这些爱情记忆的方式之一。

　　从相遇、相爱，到相伴、别离，我选了四首曾一度倾心的爱情词，来追溯古人在爱情中的心迹。最后发现，虽然相隔千年，在爱情中，今人与古人，其实并没多少不同。

## 我担得起自己的深情:

韦庄《思帝乡》

春日游,杏花吹满头。陌上谁家年少足风流?

妾拟将身嫁与一生休。纵被无情弃,不能羞。

北京的春天是明亮的。

出门去看，黄的迎春，蓝的堇菜，白的紫的玉兰，淡白轻红的樱花也正炽烈，一树两树，树树照眼明。更多的是海棠，那是盛装的艳美少妇，风姿似扑面一挂瀑布，远远就被水沫氤氲了满身。植物盲在春天是要惭愧的，因为只见满街花开得热闹，却硬是分不清楚，桃是哪种桃，李是哪种李，到底有没有"一枝红杏出墙来"，最后只好索性耍个赖：反正这几位都是蔷薇科的花，只贪看美色就是了。

但，千年前的古人，跟自然比我们亲近，熟悉这些植物像熟悉自己的亲人，他们可以脱口唤出花草的名字，也会在春花盛开之日，带上美酒，和亲友出门踏青，那是他们与岁月山川定好的约会，双方都从未失约。

踏青是盛事，也是雅事。出门前，不论男女，人人都会精心修饰一番，不然，且不说见到心仪的异性会觉得狼狈，就是站在明亮的花树下，也会略觉羞涩吧。

这首词的主角是位少女，想来应不会超过十五岁。那时候，女孩子十五岁前是散着头发的，满十五岁就可以用簪子把头发挽起来，称为"及笄"，是古代女孩子的成人礼，标志着她从此成人，可以成家生子了。十五岁左右是被提亲的高峰期，也是那时女孩情窦初开的高峰期吧。

这位十来岁的姑娘，正高高兴兴与同伴一起在花下漫步。杏花瓣随风飘零，竟落了满头。也许就在她暂时驻足，挥起衣袖拂掉身上的落花时，漫不经心一回眸，看见了路边的那位少年。

一——见——倾——心。

韦庄高明之处就在这里。他没有描写这位少年的面容、身段、衣着，只轻轻放了三个字：足风流。

已足够。你能想到的美好形象，这三个字全部涵盖了。是白皙优雅、文质彬彬也罢，是清冷出尘、风流倜傥也罢，最后都要落实到这三个字上来。不必更多，也不能更少。

每次读到这里，都会不禁想起 1983 版《射雕英雄传》

里穆念慈初见杨康那一幕。当年饰演杨康的苗侨伟，面容清秀，身姿风流，十分潇洒里带着三分娇贵、一分邪气，正是跟着养父风餐露宿的江湖女子穆念慈的克星。她吃过苦，生命的底色厚重，所以更会恋上那种毫无忌惮的飞扬的轻；她忠诚可靠，一步路都不想走错，所以更有可能在心底向往某种毫无拘束的纯粹。更何况，杨康他，足风流。

1983 版电视剧比金庸的小说对穆念慈仁慈。原著中，杨康生性凉薄，从未将穆念慈放在心上，她在书中的作用，似乎只是被欺骗后生下杨过。而在剧中，穆念慈对杨康的痴情，最终也换来了他的真心，两人的感情甚至是剧中最令人百感交集的。但不论是书中，还是剧中，穆念慈的心声，只怕都像极了这首词的下阕：

妾拟将身嫁与一生休。纵被无情弃，不能羞。

汤显祖在《牡丹亭》里说："情不知所起，一往而深。生者可以死，死者可以生。生而不可与死，死而不可复生者，皆非情之至也。"杜丽娘为了柳梦梅相思而死，又因柳梦梅自死中复活，这种事词里的小姑娘未必做得到，因为这是生活，不是戏。但她已经下定了决心：只要能嫁给你，这辈子我都满足了。哪怕后来被你无情抛弃，我也不会后悔。

这是一个古代女子在现实中所能立下的最高誓言。

此刻，这位女孩的性格已经呼之欲出：纯真、直率、刚烈。她爱得直接，爱得坦然，毫不拖泥带水，更不计较犹豫，骨子里真有几分豪侠气概：爱了就是爱了，哪怕为爱付出沉重代价，也绝不后悔，绝不辜负自己当下的一片心。

纵观中国诗歌史，与这首词相似的表达并不多，偶有类似的，也多出现在民歌中，士大夫代拟的闺怨词、春词，更多的是含而不发、暧昧难明，徘徊惆怅、哀怨悱恻。这种爽朗鲜明的爱，更像是江湖儿女所为——比如古龙笔下的风四娘：骑最快的马，爬最高的山，吃最辣的菜，喝最烈的酒，玩最利的刀，杀最狠的人。她深爱萧十一郎，却从未让爱变得哀婉、消沉、晦暗。萧十一郎若爱她，她可以背着利刀跟他一起走天涯；萧十一郎若不爱她，她还是完整的一个人，绝不拿自己的爱当作筹码，换取那么一点半点怜惜，勒索那么一星半星柔情。

词里的这位小姑娘或许不会杀人，但她胆子也够大，主意也够正，只要爱过这么一回，无论什么结果，她都愿意承担。

这是首小令，一共才三十四个字。它写了少女刹那间的心动，却没有写到故事的结局。但是我想，依这姑娘的性格，或许真会有个美好的结果。而如果有可能，我希望她遇见的这位少年，是跟《儒林外史》里的杜少卿（名仪，字少卿）一样的人。

杜少卿出生于名士豪族之家，但毕生挥霍洒落，生生因为爱周济他人败了整个家。家境败落后，他携家眷迁居到南京，住在秦淮河边一个小河房里。夫人想出游，他同意了。当日，夫人带着仆妇在清凉山上游玩一阵后，杜少卿坐着轿子找了去。两人喝了一阵酒，大醉后的杜少卿一手拉着夫人，一手拿着金杯，大笑着在山岗上走了一里多路。路人看了目眩神摇，不敢仰视。

几日之后，杜少卿与自命风流的朋友季苇萧相见。季苇萧劝他纳个有才情的美妾，不必天天跟"老嫂子"看花饮酒。杜少卿回答："岂不闻晏子云：'今虽老而丑，我固及见其姣且好也。'"

好一个"今虽老而丑，我固及见其姣且好也"！谁人不老？幸运的是，皮肤不再红润之日，眼睛不再明亮之时，有人依然觉得你美，因他看你，用的是"心眼"，而不是"肉欲之眼"。他看见的是你的灵魂，而不是那终有一旧的皮囊。

因为这段故事，杜少卿成为《儒林外史》中我最欣赏的男性。他既有携妇执杯大笑看花的洒脱不羁，又有"死生契阔，与子成说"的入骨深情，是真正阔朗大气的不俗男子。季苇萧之流，原是不配做他的朋友的。

果敢爽朗之女，当配光风霁月之子。词里的这位小姑娘，遇见的可是这样一位少年郎？

这，只能问韦庄了。但，我在最深的祈愿里，祈望着这勇敢的姑娘遇见的是坚贞的少年，且他们有足够的智慧，在漫长的岁月中长长久久地相爱下去，不负最初的遇见。

爱我，就也爱更广阔的世界吧：

牛希济《生查子》

春山烟欲收，天淡稀星小。残月脸边明，别泪临清晓。

语已多，情未了，回首犹重道：记得绿罗裙，处处怜芳草。

我们习惯用一天、一周、一月、一年来作为衡量时间的尺度，习惯用当下的身份地位、事业金钱、家庭状况来当作衡量人生成败的尺度，是因为，我们活在这样的当下。有人曾说，人类是一种奇怪的动物，活着的时候就像不知道自己会死一样。确实，活着的时候我们很难想象自己会死，甚至健康时也很难相信自己会生病。而自觉万事顺利、势不可当的时候，最适合回望历史，用"世纪""千年"当作时间的尺度，来看那些早已消失在时间深处的人，才会发现，个人的生命有多么渺小而不可依恃。曾在地球上生活过的、以亿为单位来计算的人，就这样悄无声息地逝去，能留下一两句话被后人记得，已足够难得。

　　牛希济，就是这样一位在历史上留下了句子，身影却几乎被完全湮没的人。他留给历史的，只是短短几行履历："牛希济，五代词人。生卒年不详。陇西（今甘肃）人。词人牛峤之侄。早年即有文名，遇丧乱，流寓于蜀，依峤而居。后为前蜀主王建所赏识，任起居郎。前蜀后主王衍时，累官翰林学士、御史中丞。后唐庄宗同光三年（925），随前蜀主降于后唐，明宗时拜雍州节度副使。"

如上所述，牛希济是甘肃人，当时著名词人和高级官员牛峤的侄子，很早就因文才而知名，在动荡年代漂泊到了四川，依靠牛峤生活。后来被前蜀开国君主王建赏识，任职起居郎（文官，主要职责是记录皇帝的日常生活和国家大事）。到王建的儿子王衍做皇帝时，官至翰林学士、御史中丞。可惜，前蜀是个短命王朝，王衍继位不过七年，后唐庄宗李存勖来攻，王衍便投降了，牛希济自然也跟着投降。

皇帝的悲哀是，降了，也未必就有好日子过——在被送去后唐都城洛阳的途中，王衍被杀。而作为官员，牛希济在后唐政府里，还保住了一席之地。在明宗李嗣源时代，他的官职是雍州节度副使。虽然只是正八品，但至少还留得一条命在。

只看履历，牛希济的人生几乎不值一提。历史上做过与他同类官职甚至比他官职大得多的人数不胜数，却没有几个人被记住。但他凭借写过的一些句子，始终在时间的大海中闪烁着微光，为那些不期而遇的人。

牛希济留下的词作有十四首，其中最著名的，就是这首《生查子》。

已是春天了。清晨旭日将升时，山上淡淡的春雾逐渐变薄，即将消散。夜里呈深蓝色的天空也渐渐化为鱼肚白，密集群星悄悄隐去，只剩下最大最亮的几颗。身着绿裙的女子将要远行，她背对月光而立，将坠的残月停在她脸庞旁边，照亮了她眼中流出的泪水，或许，还有与她执手而立的他的泪水。

已经说了很多话，却还有太多话想说。说得越多，越是不舍得分离。终于到了必须要走的时刻，她已转过身要启程，却还是忍不住回了头，对他珍重叮咛：因为惦记着身穿绿裙的我，看到绿色小草时，你也要多多怜惜它们啊。

"记得绿罗裙，处处怜芳草。"这句话究竟是谁说的，大家有不同的看法。有人说，是男子说的。如果女子这么说，未免太过生硬。要男子主动体贴地向女子保证：放心吧，我看到路边的绿草都会想到你的。这够浪漫真挚。但我却相信，这句话，就出自身着绿裙的女子之口。因为她对他的爱那么坚信不疑，对他产生的思念那么笃定，才会用女儿家这种温柔而娇俏的语气，对他半是要求，半是宽解：你要想我啊，今天我穿的是绿色裙子，看到小草你也要想起我啊；你不要太想我啊，想我的时候，看到绿色的小草就多多怜惜，也是想我爱我的一种啦。

你想过一个人吗？你深深地想过一个人吗？

想，不是想起。想起，是紫燕轻捷地用燕尾在水面点过，只激起几圈涟漪，很快就消散不见。而想，却是泥足深陷，拔出一只脚，另一只只会陷得更深。想起一个人的时候，你可能拿起手机就拨电话给他（她），而想一个人的时候，你却很可能会变成一位神经病：坐在公交车上，没戴耳机，明显已陷入沉思，却突然独自微笑起来；走在大街上，突然仰起脸，很久，人们莫名其妙跟你一起仰脸寻找 UFO，完全没料到你其实是在控制肆意横流的泪水；去餐厅吃饭，你向对面空无一人的座位举起酒杯，然后一饮而尽，一点也没看到身边服务员惊恐的眼神……

想一个人，有一个更好听的词，叫相思。元代著名散曲家徐再思填过一首小令《蟾宫曲·春情》，专门写相思："平生不会相思，才会相思，便害相思。身似浮云，心如飞絮，气若游丝。空一缕余香在此，盼千金游子何之？证候来时，正是何时？灯半昏时，月半明时。"①

想一个人，并不像听起来那么浪漫，更多时候，它像是一种病。而深谙相思之苦的那位绿裙女子，也许并不想让自己的恋人思念得那么辛苦。她说：你想我的时候，就看看路边的绿草吧，把对我的爱，扩充到一切绿色的、能让你想到我的事物上去。这样，爱就变得更广大，更温和，也更能慰藉你的心了吧。

年少时，我读过作家张晓风的散文名篇《爱情·矛盾篇》。她说，她有一个秘密。她所谓的爱，就是与爱人一起去爱这个世界，这个人世，并一起去承受生命之杯。

当爱人去凝视盛开的樱花、榕树的叶苞，听一首歌，看一幅画，其实都是在与自己相爱，因为爱的本质就在这一切生意之中。

与张晓风一样，我也相信，有一种爱情（是的，爱情

---

① 毕宝魁，尹博. 元曲三百首译注评［M］. 北京：现代出版社，2017。

有很多种，这只是其中一种）必然不限于狭隘的两人之间，必然扩展于广阔的整个世界。这种爱一旦真实产生，便与这世上值得爱的一切事物发生共振。那时，你胸中生起的，是对整个世界的无限怜惜，而不仅仅是只对某个人。

即使作为同性来看眼前的这位女子，也会觉得她实在可爱。她多情、美丽——不需要更多描写容貌的句子了，一条"绿罗裙"里，自然有着不必描述的婀娜与娇柔——俏皮、大胆，更关键的是，她对恋人无限信任，无限温柔。离别之际，她没有一丝对恋人变心的担忧，更不曾叮嘱他"路边的野花你不要采"，反而是为他找出了化解思念的办法，并将他的爱引导向更高远的境界。

若我是他，只怕朝阳升起之后，也还会站在离别之处，向着她离去的方向痴痴张望。而芳草萋萋，一直延伸到天际，正如她轻轻拂动的绿裙……

## 结发夫妻，人间至信：

### 苏轼《江城子·乙卯正月二十日夜记梦》

十年生死两茫茫。不思量，自难忘。千里孤坟，无处话凄凉。纵使相逢应不识，尘满面，鬓如霜。

夜来幽梦忽还乡，小轩窗，正梳妆。相顾无言，惟有泪千行。料得年年肠断处：明月夜，短松冈。

那些让人看了心头一震、久久萦怀的句子，大都简捷直接如劈面一掌，热辣辣打到脸上来，或像一道闪电，一击即中人心，即使以当时的阅历境遇尚无法完全体会，文字本身的美也会直接烙进人心里去，单等你也遇见同样的事，生起同样的感受，这句子又倏忽浮起，给你安慰，让你懂得，呵，千百年前，已有人与我一样，受过这样的情苦。

　　大概，感情浓到极处，只能用直语出之，已来不及也不愿意用华丽辞藻修饰装点，只能语淡情真。

　　就像这句"十年生死两茫茫"。

　　江淹在《别赋》开头说"黯然销魂者，唯别而已矣"，之后列举种种离别之况，无一不令人黯然神伤，但世间最苦者还不是生离，而是死别。生离固然可怕，至少还留存着再见的希望，死别却是天人永隔，再无对坐笑谈的可能。有时候我们甚至不奢望再次见到逝者的笑脸，哪怕能再被他痛骂一次，也会觉得是难得的福分。只是，死亡是世界上最无法挽回之事。纵然有夸父用来逐日的长腿和勇气，亦无法追上死亡，让逝者复活。

"十年生死两茫茫"，生者茫茫，不知逝去的爱人魂在何处；死者茫茫，也未能以魂魄相依。这一句，让人想起白居易的《长恨歌》——"上穷碧落下黄泉，两处茫茫皆不见"。只怕苏轼也曾像唐明皇一样，奢想着，天上人间，再度相见。

——见到自己的妻子，王弗。

王弗，四川青神县人，进士王方之女，十六岁嫁给苏轼，二十七岁去世，留下一子苏迈。

青神人愿意相信，王弗和苏轼的婚姻是郎情妾意、青梅竹马的，而不单单是父母之命、媒妁之言。他们说，苏轼是王弗之父王方的学生，在青神县的中岩寺随王方学习，因风神洒落、才华横溢，尤被王方器重。中岩山慈姥岩下有一潭碧水，只要人站在水边拍手，鱼儿便如闻人呼唤一般浮上水面摇头摆尾。一日，王方召集诸多文人为此水取名，其中也有苏轼。他为这水取名"唤鱼池"，众人一见都大为叹服，恰巧此时丫鬟送来了王弗小姐的纸笺，上书三字，也是"唤鱼池"。王方见苏轼才思不俗，又与女儿有着天生的默契，便将王弗许配给了苏轼，成就了一段美满姻缘。

这个故事在民间流传甚广，但它的真实性有待考证，毕竟苏轼留下的大量文字中明确记载此事的证据相对有限。其实，并非所有爱情都该有一段初春般的起源——"郎骑竹马来，绕床弄青梅"的清新可喜、"月上柳梢头，人约黄昏后"的青涩羞赧固然是爱情，"三日入厨下，洗手作羹汤"，用巧心慧性把平凡细密的日子过成一匹锦绣，更是一种深沉难得而富有智慧的爱。

王弗对苏轼的爱，大抵正是这样一种夫妻之爱。

人间最炫目的爱情当然是情人之爱，而非夫妻之爱。情人之爱，因一切尚未落定，爱慕与向往炽热如火，所以"求之不得，寤寐思服"，所以"平生不会相思，才会相思，便害相思。身似浮云，心如飞絮，气若游丝"。而夫妻之爱不过是"顾我无衣搜荩箧，泥他沽酒拔金钗"，见我衣服破旧就翻箱倒柜找衣料缝制新衣，客人来了家中无钱沽酒便拔下头上的金钗典钱去换酒；不过是"老妻画纸为棋局，稚子敲针作钓钩"的家常场景。但正因为家常而无处不在，才会"不思量，自难忘"。"不思量"的原因，不是不愿意思量，而是不需要思量，伊人原本就如空气，无声无息却又无所不在。因此，十年来，苏轼无须刻意思量，那种思念之情却一直都在。

王弗是有被思量的资本的。她嫁给苏轼时年方二八，正是最好的年华。她离开苏轼和这个世界时，也才二十七岁，本应是风姿最艳的年纪，苏轼记忆中的红颜永远不会凋谢。何况，她不仅美丽，而且聪明；不仅聪明，而且安静；不仅安静，还世事洞明。

王弗死后，苏轼为她写了墓志铭，史称《亡妻王氏墓志铭》。这篇墓志铭简短平实，却又字字深情。其中，他提到妻子未进门前，侍奉父母极为"谨肃"（谨慎而恭敬），嫁入苏家后，侍奉公婆也是如此。王弗生性"敏而静"，虽然聪明，却从不外露。刚进门时，他甚至不知道王弗也饱读诗书，只知道自己读书时，妻子会在身边流连不去。直到某日，他忘记了某本书的某些内容，王弗在旁边提醒他，他才大吃一惊。然后苏轼用其他书的内容来问她，发现她也都有所涉猎，苏轼才发现自己娶了一位才女（从这些内容来看，说苏轼和王弗早在婚前就有接触，恐怕只是大家的美好愿望，而非事实）。

古人惜字如金，每一个字都用得很谨慎，因此也格外有力量。"敏"字一出，似乎可见王弗如水明澈的双眸；而"静"字，则可让人想见其"娴静时如娇花照水"的自然态度。这样的女子，就像春日阳光下的一株玉兰，端凝、沉静、典雅，却又能敏锐地感受春日的第一缕气息，携着活力和青春，为苏轼带来美，带来爱。

王弗的"敏"不只体现在诗文上，事实上，"洞明世事"才是她最大的优点。贾宝玉痛恨"世事洞明皆学问，人情练达即文章"这句话，殊不知每一个富有天才、超尘脱俗的艺术家，都有可能需要一个通达世事、务实精干的伴侣。天才从来不是全面的，大多数天赋惊人的艺术家，都有不通人情世故的一面。苏轼当然也是如此。他热情、坦白，相信自己遇见的每一个人，因为有赤子之心，所以眼中无一个坏人。任何人与他交往，只要态度热情，他都有可能把一颗心捧出去给人家。但世界并不是童话王国，富有天赋者遭受妒忌和暗算的概率远大于平庸者。这个时候，王弗用她那种实际的智慧，实际地帮助了自己的爱人。

苏轼在墓志铭中说，自从自己离开家乡出外做官以后，每次要做什么事，王弗都会细心叮嘱："你离开父母这么远，做事情一定要慎重。"家中有客人来访时，王弗也经常在屏风后细听谈话内容，等客人走了以后，一一为苏轼剖析其人用意和其中利害。她曾多次识破来客热情面具下的真实目的，为苏轼点破其中奥妙，让他先做好准备，避开了不少祸事。但若只是如此，王弗也有可能只是个庸俗的女子，因自己心机过深，才以为天下无一个好人。事实当然并非如此。

嘉祐六年（1061），二十六岁的苏轼以"百年第一"的成绩通过了"贤良方正能直言极谏科"的制科考试，被授官大理评事、签书凤翔府签判，于是携妻子去上任。在凤翔，苏轼与顶头上司陈希亮开始了一段痛苦的"磨合"。陈希亮也是四川青神县人，是王弗的同乡，跟苏轼的父亲苏洵是旧相识，按理应对苏轼多加关照才对。但他很少对苏轼假以辞色，经常涂改苏轼的文书，惹得自负才高的苏轼很是恼火。因为不参加府宴和秋祭，苏轼还被陈希亮奏报朝廷，罚了红铜八斤。罚金是由王弗带人送到陈府的。但是，通过认真观察，王弗认为，陈希亮能把凤翔的十个县治理得井井有条，必然不是无能之辈，而其对苏轼的所作所为，也没有包藏什么祸心，反而更像是要磨去苏轼文人式的狂傲不羁，促其成长。为此，王弗经常软语相劝苏轼。而直到十八年后，苏轼应陈希亮之子陈慥（字季常，苏轼好友）之请，作《陈公弼传》时才彻底领悟了陈希亮对自己的良苦用心。

正是因为有王弗的关心和提点，苏轼早期的仕途还算顺利，两人一起度过了一生中最为顺遂幸福的时光。林语堂先生在《苏东坡传》里说，王弗死的时候，苏东坡的福禄达到了最高峰，她死得恰是时候，不必陪苏轼度过一生最悲惨的年华。但是，我们无从得知，若王弗不死，在她的帮助下，苏轼是否会更少因言获罪，从而不必那般颠沛流离？而假如是这样，苏轼是否写不出现在这么多、这么好的文字？

无从得知。生命从来不打草稿，一落笔就是定局，纵然有最好的雌黄，也无从涂改，甚至，无从想象。

填这阕《江城子》的时候，苏轼四十岁，人在山东密州。而王弗的墓地，则在千里之外的四川眉州。思念之情升起时，想去墓前一奠也不可得。"千里孤坟，无处话凄凉"——这句话，说给逝者，也是说给自己。死亡已是隔在两人之间的屏障，虽然虚无，却不可跨越。但，若能去墓前探望一下妻子，也是聊胜于无的慰藉。可惜现实更为残酷，除了死亡，横在二人之间的还有实实在在的千里之遥。

描述了生死两隔的现实之后，苏轼后退一步，提出了一个幻想，如果现在跟王弗再相见，会怎么样呢？答案是："纵使相逢应不识，尘满面，鬓如霜。"王弗跟苏轼生活在一起的十一年，是苏轼人生走上坡路的十一年。而宋英宗治平二年（1065）王弗去世后，苏轼开始了愈来愈动荡的人生。治平三年（1066），苏轼的父亲苏洵去世；宋神宗熙宁四年（1071），因不赞成王安石推行新法，苏轼被御史诬陷，为了避祸，他自求外放，去杭州做了通判；熙宁七年（1074），他改任山东密州知州。次年（1075），他写下了这首《江城子》。

十年间，苏轼历经生离死别，在新旧党争中身不由己，宦海沉浮，不断地放外任，左迁，流徙，头上已有白发，脸上满是风尘，已不是当年王弗"春闺梦里人"的模样了。

这句话里，既有对王弗的深沉怀念，也有对自己的无言自伤。

《红楼梦》后四十回（高鹗本），黛玉死后，宝玉怀念她，却已无可奈何，什么都不能做，于是他搬到书房去住，寄望于伊人入梦，却终无所得。当死亡的大幕覆盖了最亲密的人，大概我们能做的也只有求梦。万人之上的汉武帝、唐明皇，失去李夫人、杨玉环后，能做的也无非如是。

我们不知道苏轼是否也有这样的心思，但他比宝玉幸运，乙卯（1075）正月二十的晚上，月明如水，他梦见了王弗，他亲爱的妻。

"夜来幽梦忽还乡，小轩窗，正梳妆。"晚上做了一个梦，忽然回到了家乡。一个"忽"字，不仅是转折，更透出一种惊喜和不可思议。小轩窗下，王弗正在梳妆。青春好像从未远离，因为梦里的人还是当初的模样。这一刹那，苏轼是否有忘我的惊喜？

也许，人生中总有那么一些时刻，你会希望世界上真的有月光宝盒这种东西，让它送你回到你最不舍得、最想改变的时刻，让你跟最不愿分开的人在一起。虽然所有的故事都在告诉我们，这样的东西并不存在，即使存在，用它也不能改变什么，可是我想，一定会有人不惜赌上性命去寻找它，并一次又一次使用它，哪怕让生命就此陷入死循环。

"相顾无言，惟有泪千行。"有人研究过苏轼观看王弗"小轩窗，正梳妆"的视角，认为他是从外面看到屋内小轩窗下的王弗，而不是从屋内看的，也因此，他们认为，这可能是苏轼婚前与王弗相识时的情景。但我却总觉得，一定是清晨起来，王弗正在窗下梳妆，苏轼轻轻走过去，而她轻轻转过身来。是的，一定会有这么一个轻轻地、安静地转身，不如此，哪会有这样九曲回肠的柔情？她转过身来，两人四目相对，热泪滚滚而下。纵是在梦里，也意识到一切已经不一样了。这是梦，他知道，或许，她也知道。

《红楼梦》里说，眼泪是一个人欠的情债，泪尽，债才能完。苏轼一生收到过多少眼泪，我们并不知道。但除了这次在梦里与王弗的双双落泪，还有一次著名的流泪事件。那时，苏轼被贬至广东惠州，他的第二任夫人王闰之（王弗的堂妹）也去世了，身边只有侍妾朝云。凉秋初至，落木萧萧，苏轼起了悲秋之意，就让朝云用大杯斟酒，唱他填的《蝶恋花·花褪残红青杏小》。朝云唱了几句，便泪落满襟。苏轼问她为何，朝云说："我不忍唱'枝上柳绵吹又少，天涯何处无芳草'这句。"苏轼大笑说："我正在悲秋，你倒又伤起春来了。"

苏轼用大笑打消了朝云的悲情，心底却未尝不深知这是朝云对自己的深刻理解。"芳草美人"一向是古人忠君爱国的象征，苏轼虽一直被流放贬斥，甚至被流放到最南也是最难的岭南雾瘴之地，心中信念却从未熄灭。朝云懂得他，所以怜惜他，因而为之一哭。

过后不久，朝云便去世了，苏轼终生不再听此曲。

王弗死后，苏轼先有王闰之，后有朝云，似乎远算不上痴情。但这世间，爱情的形式原本不是一种。王弗与苏轼的爱，是结发夫妻的人间至信。苏轼与她，有着小儿女的情怀，而又有着某种特别的依赖。她死后三年，苏轼娶了她的堂妹王闰之。闰之并非才情四溢的女子，却柔婉贞和，温顺知礼。她虽不能像王弗一样，指点苏轼为人为官，却抱定"生则同衾死同穴"的信念，陪着苏轼一路宦海浮沉，直到因病而死，死前还叮嘱朝云一定要照顾好苏轼。苏轼与她，是患难夫妻一蔬一饭的温暖情谊。闰之死后，一路陪伴苏轼的就是侍妾朝云。她年轻漂亮，聪慧可人。在她身上，晚年的苏轼不仅找到了青春时代的活力，还得到了深刻的理解。苏轼与她，亦师亦父，亦知己亦恋人。

苏轼的爱，是一棵碧竹，一节一节，清楚干脆，正如他对待其他任何人和事一样，坚守本心，绝不辜负。在拥有时就懂得珍惜，失去后又绝不懊恼追悔——对，他从来没有懊恼追悔过，因为他已经好好度过了每一寸光阴，他的每一分生命，都充分地活过了。也只有这样的他，才能获得这样的女人给予的这样的爱。

李碧华在《胭脂扣》里说："这便是爱情：大概一千万人之中，才有一双梁祝，才可以化蝶。其他的只化为蛾、蟑螂、蚊蚋、苍蝇、金龟子……就是化不成蝶，并无想象中之美丽。"苏轼虽未与三位红颜分别化蝶，却也不曾变成那些丑陋的虫子。他们的感情，有着清风明月的朗然。

治平二年（1065），苏轼从陕西凤翔回到京师。是年，王弗去世。王弗的公爹苏洵非常哀痛，为儿媳食素三日，并对苏轼说："汝妻嫁后随汝至今，未及见汝有成，共享安乐，汝当于汝母坟茔旁葬之。"（你妻子嫁给你以后，一直追随你到现在，来不及见到你有所成就，也没能跟你共享安乐。你应该把她葬在你母亲的坟墓旁边。)

第二年，苏洵亦病死。苏轼与弟弟苏辙一起，将父亲和爱妻的棺木都送回了故乡，把他们安葬在母亲的坟墓旁边。之后，他守孝三年，在墓地旁亲手种下三万棵松树（苏轼在诗中自述，应为夸张说法）①，用来寄托哀思。所以，他才说，"料得年年肠断处：明月夜，短松冈。"

短松冈上，明月之下，是爱妻安眠的地方。每年，每月，每日，任何时间想到这里，都会不可自抑地悲伤。

有人说，"料得年年肠断处：明月夜，短松冈"是王弗的视角，苏轼是借着说妻子断肠，来说自己断肠，而我觉得，这里的视角是双向的，断肠人是王弗，更是苏轼。起于青春的爱恋，终止于万株森森冷松中。每逢月夜，松林筛下清影，或许，林中会有幽魂，倚坐远望。

---

① 出自苏轼《送贾讷倅眉》："老翁山下玉渊回，手植青松三万栽。父老得书知我在，小轩临水为君开。试看——龙蛇活，更听萧萧风雨哀。便与甘棠同不剪，苍髯白甲待归来。"

### 在离别之前，把美好的事都做完：
#### 欧阳修《玉楼春·尊前拟把归期说》

尊前拟把归期说，欲语春容先惨咽。人生自是有情痴，此恨不关风与月。

离歌且莫翻新阕，一曲能教肠寸结。直须看尽洛城花，始共春风容易别。

到了生命尽头，还会剩下什么呢？据说是记忆。据说记忆是一只忠实的家犬，你以肉身和时间饲养它以后，它就永志不忘。即使你遗忘了它，最后的那一刻，它也会寻路而来，咻咻在你脸上喷着热鼻息。

　　所以，活着的本质，可能就是在制造更多的记忆。既然注定要与这个世界作别，在告别之前，就让我们以此生的时间为经线，以遇见的人和事为纬线，制造出最多的记忆，把美好的事都做完。

　　我猜，欧阳修也是这么想的。

　　北宋天圣八年（1030）三月，二十四岁的欧阳修通过了崇政殿御试，中甲科第十四名。五月，被授将仕郎，试秘书省校书郎，充西京留守推官。前二者均为虚衔，西京留守推官才是他的正职。北宋当时设置了四个都城，按照方位，称应天（今河南商丘）为南京，大名（今河北大名）为北京，国都开封为东京，洛阳呢，自然就是西京。欧阳修就是要去洛阳做留守钱惟演的推官，负责听讼断狱等司法工作。

第二年（1031）暮春三月，欧阳修到洛阳上任，很快迎娶了恩师胥偃的女儿。而他在洛阳的上司是吴越王钱俶的第七子、"西昆体"主力诗人钱惟演。钱惟演博学好文，也早听说过欧阳修的文名，对他十分器重。当时，梅尧臣、尹洙等知名青年文人也在钱惟演手下任职，大家意气相投，很快就成了知心好友。

在历史和时人眼中，因为攀附权贵，排挤忠臣，钱惟演多以"佞人"的角色出现，但不可否认，他也有风流倜傥、爱护后进的一面。因为欣赏欧阳修等人的才华，他很少以职务琐事去羁縻他们，反而经常在公事之余召唤他们来饮酒赋诗，优游享乐。于是，欧阳修的"后青春期"终于迟迟地来临且爆发而盛放了。

那些出身贫寒，少年时代一直憋着一口气奋斗的人是没有青春期的。他们的年少时光，可以用来凿壁偷光，悬梁刺股，披星戴月，却绝不可以用来轻狂，用来心动，用来偷偷张望隔壁的女孩，然后偷偷在薛涛笺上写下羞涩的诗句。

可是，一切被压抑的，终将会反弹。压抑得越深，反弹得越强劲。一旦重担卸下，青春期里曾缺失的，就有可能在青年时代汹涌为潮，澎湃成海。

欧阳修，就是一个活生生的例子。

他四岁丧父，跟随母亲郑氏投奔三叔欧阳晔。欧阳晔在随州（今湖北随州）做一个小官，薪俸微薄，家累又重，能照顾得也有限。郑氏不得不做一些针线活儿来养家。家里穷，欧阳修也上不起学，郑氏就以芦苇茎为笔，以沙地为纸，教欧阳修识字。而欧阳修天资聪颖，一学就会，很快就不满足于从母亲处学到的知识了。隔壁李姓富户家的儿子与欧阳修交好，欧阳修经常在他家游玩，某天于破筐内发现了六卷颠倒脱落、次序不分的《昌黎先生文集》，读后觉得"其言深厚而雄博"，十分喜爱，反复诵读，成为他日后复兴"古文运动"的根基。

当时宋代学习唐朝实行科举制，科举上用的文章叫"时文"，明清是八股文，唐宋是律赋。所谓律赋，就是按照对仗、韵脚要求写出的赋文。欧阳修起初并不擅长时文，他十七岁去随州考试，居然因为没用对韵脚而名落孙山；二十一岁应试再次落榜后，他痛定思痛，决定去拜访时文大家胥偃，求他指点。

几篇诗赋投递上去，胥偃十分惊艳，立刻将欧阳修收入门下，并把年仅十三岁的女儿许配给他，预定了这位他认为一定会一飞冲天的"潜力股"。

不出胥偃所料，经他辅导一年多后，欧阳修连取国子监试第一、国学解试第一、礼部省试第一、殿试甲科第十四——之所以殿试"仅"排在第十四位，据说，是因为主考官们想挫磨一下他那种势不可当的锐气，才刻意压低了他的名次。

无论如何，初到洛阳的欧阳修正是这么一个状态：高中进士，名满天下，春风得意，新婚燕尔，领导荣宠，好友群集……一个人青年时代所能得到的最美好的事物，一下子全都拥上来了。之前清贫、克制的生活一去不返，欧阳修过上了一生之中最为肆意、最为放浪，也最为有声有色的生活。

在洛阳，欧阳修与挚友登山临水，吟诗作词。第一次见到梅尧臣，两人如旧友重逢，"逢君伊水畔，一见已开颜。不暇谒大尹，相携步香山……"顾不上去拜见长官，他们先去爬了香山。其后的两年间，欧阳修与梅尧臣、谢绛、尹洙等人游遍了洛阳本地美景，时常在龙门、伊水之间流连。他们还曾两登嵩山，看尽了少室山、猴氏岭、紫云洞的美景，并一起作诗纪念。

某次，他们从嵩山回洛阳，忽然天降大雪，道路难行，艰难抵达龙门时，天色已晚，几人便留宿此地。夜间，几辆马车忽然于风雪之中渡水而来，原来是钱惟演送来了厨师和歌姬慰劳大家。来人还带话说：钱公说，府衙内公务不多，各位不必急着回去，且好好赏雪吧。

在洛阳，欧阳修结交红粉，游冶芳丛。某次，钱惟演在花园举办聚会，大家都到齐了，欧阳修与一位歌姬却迟迟不来。苦等许久，两人才姗姗而至。坐下后，歌姬还念叨着自己的金钗找不到了。钱惟演半真半假地责备欧阳修，让他当场作词一首，如果作得好，便不追究二人迟来之罪，且再赏赐给歌姬一支金钗。

欧阳修沉吟片刻，一首《临江仙》脱口而出："柳外轻雷池上雨，雨声滴碎荷声。小楼西角断虹明。阑干倚处，待得月华生。　　　燕子飞来窥画栋，玉钩垂下帘旌。凉波不动簟纹平。水精双枕，傍有堕钗横。"这首词，写得美，写得净，将众人眼中的暧昧，定格为空灵净美、明澈有情的静雅境界，又巧妙点出了金钗丢失之因、可能遗落之处，令所有人心服口服。这份风流，真该欧阳修独属。

　　在洛阳，欧阳修看花醉花，爱花写花——这个花，特指洛阳牡丹。天圣九年（1031）三月（农历），欧阳修抵达洛阳时已是暮春，他只见到了牡丹的一些晚开品种，却自此深爱入骨。并非农学家的他，后来在离开洛阳不久后，写下了中国历史上第一部牡丹专著《洛阳牡丹记》，书中记录了各种牡丹的名字、样貌以及洛阳人的赏花风俗与种植要点。他在这本书里提到，对洛阳人来说，世上其他的花都是杂花，名称上可以叫"某某花"，比如"芍药花""李子花"，只有牡丹才是真正的"花"，只说一个"花"字，那就是牡丹花；而"看花"就是看牡丹。故此，欧阳修诗词中的"直须看尽洛城花""曾是洛阳花下客""今年花胜去年红"，说的全都是牡丹花。

　　牡丹这种花，明亮，繁华，艳丽却又端正，富贵却又骄傲，开到了花的尽头，无花可及，洛阳人对它的偏爱，又使得花季时整座城都淹没在它轰轰烈烈的韶华之中。这种极致的盛放，正与欧阳修当年那股风流放浪的青春豪气相应。欧阳修爱牡丹，正是同声相和、同气相求啊！

景祐元年（1034）三月，欧阳修在洛阳的任期已满，准备回襄城（今河南省襄县）去看望母亲和妹妹，同时等待新的任命。这首《玉楼春》就作于此时——他将久别洛阳，久别诸位好友与自己的红粉知己，在那个时代，这种久别，有可能就是永别。

"尊前拟把归期说，欲语春容先惨咽"，在送别的酒宴上，欧阳修举起酒杯，刚准备跟大家说一下自己的归期，还没开口，对面的人儿就开始哽咽落泪了。"春容"究竟指的是谁呢？其实在座的朋友，多数都正青春，但"惨咽"二字一出，是歌姬或红粉知己的可能性就高了一点。古代既交通不便，官员的"宦游"之身也不自由，此时一别，其实"君问归期未有期"，所谓生离，其实也常成为"死别"——前一年（1033），长官钱惟演已被调去随州，次年（1034）九月（即欧阳修作此词半年后）便去世了——古人对离别那般重视，那般哀愁，是有真实生活的基础在的。

面对惜别的眼泪，欧阳修忍不住发出了千古绝叹："人生自是有情痴，此恨不关风与月。"他说，人生来就有一种痴情，与外在景物的清风、明月没有关系。清风明月本无情，是人将自身的爱与哀愁投射其上，所以才临风洒泪，对月伤怀。

《晋书·王衍传》记载，王衍的幼子夭折后，山简去看望他时，发现他悲痛到难以承受。山简不解，问他："不过是一个尚在怀抱中的小孩子，你何以至此呢？"——古代儿童死亡率高，子女夭亡被视为常事，且文化习俗中更强调男性对上的孝道，而较少注重对子女的感情——王衍回答说："圣人忘情，最下不及情。情之所钟，正在我辈。"（圣人不再被情感困扰，底层民众无暇顾及情感。最深情、最专注的，正是我辈这样的人啊。）

所谓"我辈"，是怎样一群人呢——因为高度敏感，所以极易沉溺于美和爱，易于在得到时感伤，更易于在失去时心碎，也善于以多情之眼，看无情之河山，并为之上色。魏晋时"尽情歌哭"的名士是这样的"我辈"，《红楼梦》里"天分中生成一段痴情"的贾宝玉是这样的"我辈"，写出"人生自是有情痴，此恨不关风与月"的欧阳修，更是这样的"我辈"。

看到情人的眼泪，欧阳修追索了一下痴情的来因，却发现它来自人类的天性，无由可解。此时，宴席上的歌女忽然唱起了新歌，他忍不住出声制止——"离歌且莫翻新阕，一曲能教肠寸结"。罢罢罢，离别之歌就不要再翻新斗奇了吧，旧曲一首就足以令人肝肠寸断了。

此言一出，宴席上的气氛应该是低落到了极点。欧阳修可能马上意识到了，于是他振奋精神，大笑着劝解众人：我欧阳修啊，不会就这样消沉着离去。我要跟你们一起，看遍、看尽洛阳城的每一朵牡丹，跟你们一起，把所有美好的事情都做完，到那时，我才会轻轻松松离开此地，离开你们。因为到那时，我们已为彼此的余生，构建了难以销毁的记忆。这就是我爱你、爱生命的方式——把每一个瞬间，都最大限度地用来创造、感受美好。

三月过后，欧阳修离开了洛阳，自此再无机会重回。

# 闲愁

有一首著名的禅诗："春有百花秋有月，夏有凉风冬有雪。莫将闲事挂心头，便是人间好时节。"劝人不要"无故寻愁觅恨"，别想闲事，安住当下，好好欣赏日常生活中的美意，能如此，刻刻都是良辰。

可惜，人就是这样喜欢自寻烦恼的动物。

衣食不周时，固然会为生计发愁；拥有一切时，也照样会生出细微的、难以描述的轻愁。你很难说出这种愁的来处，也很难找到消灭它的办法——独处时它固然常常出现，热闹处它似乎也不会缺席。

古人给这种愁起了名字：闲愁。

后来的后来，人们逐渐懂得了"闲愁"的分量：这看似轻盈的愁绪，其实来自生命的追问。当我们不再为生存本身发愁时，我们开始想知道，这生命从何而来，又为何注定逝去？在时间之中，人究竟是什么？

至今，这个问题也没有唯一、确定的答案。

而关于闲愁的诗词，古人写的，却都那么美，那么美。我只能从弱水三千中，掬此三杯：晏殊的《踏莎行·小径红稀》，李冠的《蝶恋花·春暮》，秦观的《浣溪沙》，与您一起，感受他们笔下那轻盈、唯美、缥缈的闲愁世界。

## 生命中不可承受之轻：
### 晏殊《踏莎行·小径红稀》

小径红稀，芳郊绿遍，高台树色阴阴见。春风不解禁杨花，濛濛乱扑行人面。

翠叶藏莺，珠帘隔燕，炉香静逐游丝转。一场愁梦酒醒时，斜阳却照深深院。

有些词，只看词牌就知道是一幅好图画、一段好电影，一见就令人愉悦。再遇上填得好的词，就是文质双美，活脱脱如珠似玉，光辉皎洁，圆满无瑕。

　　晏殊的这首《踏莎行》，无疑就是这样的珠玉。"莎"是一种叶子细长、光滑碧绿的野草，路边、田里随处可见。密密连生成片时，自然像是一片光亮的绿毯。人踏莎而行，无论是送行、赶路，抑或踏青、游玩，都有了一个优美的背景，便格外入得诗、入得画了。

　　据考证，"踏莎行"的词牌本意，就是要歌咏民间盛行的春天踏青活动。只是，晏殊去踏青时，春天已走向了尾声。

　　"小径红稀，芳郊绿遍"与李清照的"绿肥红瘦"一样，有着色彩与形象上的参差对照之美。李清照的更艳更浓，晏殊的这句，则更实在而清淡。暮春时节，花朵越来越少，路边能看到的"红"也越来越稀落了；而绿色却更为壮大，更为广阔，竟已染遍了整个郊野。这句话是写实，也是在暗示时序的转换。

"高台树色阴阴见"，视角从平地转向高空，也从自然转向人间。楼台之间，隐隐显露出树木的翁郁之绿。"树色"从"芳郊"的"绿"意中延伸而来，不必言"绿"而自绿。"阴阴"有幽暗、遮蔽、覆盖之意。暮春之时，多数树木已有了丰厚树冠，有了遮蔽、覆盖之能，自然也就有了树荫。

"春风不解禁杨花，濛濛乱扑行人面。"不知为何，"风"在古诗词里总是负有禁管"他人"的职责。晏殊说它不懂禁制杨花，任由杨花纷纷扬扬扑到行人脸上；李冠则说"数点雨声风约住"，疏疏落落下了几点雨，立刻被风拘管住不再下了。仔细思量，大约是因为风无处不在，又力量极大吧。从这句话也可看出，这很可能是中原地区的暮春，杨花纷飞，却不算多雨。贺铸《青玉案》说"一川烟草，满城风絮，梅子黄时雨"，虽然也飞絮濛濛，感觉上却带着更多水汽。晏殊长年生活在北宋都城汴京，即今河南开封，那里的气候确实不如江南湿润。

上阕写郊外踏青，下阕便转入庭院之内。"翠叶藏莺，朱帘隔燕。炉香静逐游丝转。"一派庭院深深、长日无声的寂静之感。翠叶、朱帘，与红稀、绿遍一样，既有色彩的对照，又点明了环境，是花木繁盛、帘幕华贵的富贵人家。莺藏于叶后，燕隔在帘外，环境之安静可想而知。但过于安静则近乎死寂，于是作者安排了一个极微细的"动"：炉中焚有线香，线香燃烧升起的一缕细烟，追逐着不知从何而来的一线游丝，袅袅在空中转动。

真是静极了。不只是环境静，人的心也静，才有耐心去凝视香烟，并发现空中那若有若无的游丝——这游丝，是蛛丝或树上的虫子分泌出来的细丝。因极轻极柔，稍有一丝风，便可在空中旋舞。但也只有在无风或微风的情况下，我们才能看到它。风稍微大一点，丝线就直接被卷走，看不到了。

这句诗，让人想起著名的禅宗公案。

六祖慧能在广州法性寺，正好遇到印宗法师讲解《涅槃经》。有两个僧人为"风幡"究竟是风在动还是幡在动争论了起来。一人说是风动，一人说是幡动。慧能站出来说："不是风动，不是幡动，仁者心动。"

逐游丝而转的，是炉香，还是诗人的心呢？

这极静极幽微的一阕词，出人意料地，以深深的惆怅结尾了——"一场愁梦酒醒时，斜阳却照深深院"。当金黄色的余晖照进这有着葱郁翠叶、重重朱帘的深深院落时，诗人从一场愁梦中醒来了。既然是"愁梦"，午睡前喝的酒，应该就是"消愁"用的，但整首词他都没有说，这个愁到底从何而来。

有人说，翠叶里藏的"莺"，朱帘外隔的"燕"，都是女性的代称，"莺莺燕燕"嘛。这阕词的愁，是相思。因外力阻隔，不得与意中人相见，但又不愿写得那么直白，要用景物描写隐约地透露出来，才算得上是缠绵含蓄，余味不尽。

这当然是一种可以自洽的说法，但我却不愿把这阕词落实到这样具体的原因上去。伤春，或者说为时间的逝去而感伤，为生命逐渐走向尾声而惆怅，这样的理由，就不能成立吗？

或许，对晏殊来说，这理由再合适不过了。

　　了解晏殊生平后，你会觉得，身为普通人，若能拿到晏殊的人生剧本，已算是命运特意给开了金手指，主角光环拉满了。

　　宋太宗淳化二年（991），晏殊出生于江南西路抚州临川县（今江西抚州）。他聪明好学，七岁即能作文，是声名远播的"神童"。他十四岁时，被江南安抚使张知白推荐给朝廷，便与一千余名进士一起参加殿试。他年龄虽小却毫无惧色，很快一挥而就答完考卷，宋真宗十分欣赏他，立刻赐他同进士出身。两天后，进行诗赋类考试时，晏殊却站出来要求更换自己的考题，因为他前几天刚做过一遍。宋真宗更加喜爱这个正直坦诚的神童，委任他做秘书省正字，留他在秘阁内读书。自此，十四岁的晏殊便开始了长达五十年的仕宦生涯。

　　五十年仕途中，约有十五年，晏殊被外放做地方官员，其余三十五年都在京城的政治中心为官，官职则从秘书省正字，历任太常寺奉礼郎、太子左庶子、枢密副使、三司使、参知政事、同中书门下平章事、集贤殿大学士兼枢密使等，一路从"从九品下"的虚职，跃升到实打实的宰相之位——三司使主管财政，被称为"计相"；同中书门下平章事是主管行政的宰相，也是正式的宰相；枢密使则是最高军事长官，被称为"使相"。也就是说，晏殊一个人，把大宋的财政、行政、军事最高长官都做遍了。另外，从二十八岁任太子舍人，到三十二岁任右谏议大夫兼侍读学士，晏殊一直都陪伴在赵祯身边，是名副其实的帝王师。

与一般文人相比，晏殊的仕途实在是太顺遂了。更幸运的是，他生活在宋真宗、仁宗两朝，皇帝相对仁厚开明，朝政相对平稳，经济也更为繁荣富庶，两宋的痼疾——"党争之祸"在晏殊仕途的中后期才渐起风云，晏殊得以度过较为平静、闲雅的大半生——这是世人多称他为"太平宰相"的原因。

也正因此，后世有学者说："（晏殊所作词）皆无沉挚的感情，实与真正叹光阴易逝、伤聚散无常者有异，盖同叔于富贵得意之余，念百年之易尽，欢愉之难再，偶生愁绪，辄见之于词。但究系一瞬的感觉，不能久占心灵，故表现于文学上者亦不充实，不深刻，徒令人读之生厌，故可谓之无病呻吟也。"①

① 宛敏灏：二晏及其词 ［M］. 上海：商务印书馆，1935：165—166。

果真吗？

文学的充实、深刻与否，果真取决于作者的地位尊卑吗？一生尊荣者，痛苦必是虚伪的；贫贱久困者，才懂得真实的愁苦？

——这也未免太褊狭了。照这个标准，《追忆逝水年华》通篇都是富贵者的谎言；贵为王子，从未体会过凡人疾苦的佛陀因出城遇见"生老病死"四苦而决意出家，更是"无病呻吟"的极致了。

事实上，使文学"充实、深刻"的，并非作者的人生经历，而是他对人生的感悟，是他精准的表达力。而这两点，晏殊无疑是完全具备的。

更何况，在表面的一帆风顺下，命运同样夺走了晏殊很多东西——命运就是这么一位斤斤计较的精算师。他给了你一点，就拿走一点来交换。有时候，它给你的东西过于耀眼，以至于别人根本看不到你所失去的。甚至连你自己都没发现，你已经用最宝贵的东西跟它做了交易。

晏殊失去了什么呢？

十四岁起就备受真宗信任宠爱的结果，使他两次失去了为父母守孝的机会。从二十三岁到二十六岁，晏殊的父母先后辞世。按当时的规定，父母辞世应辞官归家，"丁忧"三年，晏殊却两次都被宋真宗"夺情"，只能继续工作。当然，丁忧三年，中断仕途，对官员来说并非好事，但直接被夺情，内心的悲伤难以纾解，也不见得是晏殊所愿。长年接受儒家忠孝教育的他，恐怕也会遗憾于未能向父母尽孝吧。

与此同时，他也失去了自在言笑、袒露真性情的机会。晏殊得到皇帝信任，是因为他正直、诚实、严谨。而长期位居高位，也使得他长年保持着克制和理性，这甚至体现在他的文风里。叶嘉莹就曾说："他（晏殊）是一个理性的诗人。……对于自己的感情有节制，有反省，有掌握的能力，这是理性的诗人。"毕竟，伴君如伴虎，作为宰相，他要在各个官员之间善做调和，不理性是不可以的。

但是，他的本性，正如《宋史·晏殊传》里说的那样，是"刚简、悁急"的。刚简，即刚强、粗疏，悁急，即急躁、浮躁。刚强，体现在晏殊曾多次违抗当权者，尤其是违抗章献太后刘娥的意愿上。真宗去世，仁宗即位时才十三岁，大权落在了垂帘听政的章献太后手中。章献太后想任命自己的宠臣张耆做枢密使，晏殊坚决反对，于是章献太后找了个罪名把晏殊贬出朝廷，去做应天知府——而太后党找的那个罪名，正是他"悁急"的表现之一：在玉清宫，因为侍从来迟，晏殊气得拿笏板砸他，把侍从的门牙砸掉了。到外地做官时，官民们也多畏惧晏殊的急躁。

除此之外，青壮年时期的晏殊，已多次经历了生离死别。他的弟弟晏颖同样身为神童，亦被宋真宗所喜爱，却于十八岁早夭，当时晏殊二十一岁。紧接着是父母的去世，及他的两次丧偶。欧阳修在《晏元献公神道碑铭》里提到："公初娶李氏，工部侍郎虚己之女。次孟氏，屯田员外郎虚舟之女，封巨鹿郡夫人。次王氏，太师尚书令超之女，封荣国夫人。"晏殊一生有三任妻子：李氏、孟氏、王氏。李氏没有封号，应该是在晏殊尚未发迹的青年时代就去世了。孟氏在晏殊中年时病逝。亲人接二连三的死亡，像死神冰凉的羽翼，时不时擦过晏殊敏感的心灵，令他在宴饮之际，花开之时，忽然怔忡起来：

这漂亮的时光啊，无时无刻不在消逝；
这美好的一刻啊，终将带我走向死亡。

怎么办呢？"不如怜取眼前人"，"劝君莫作独醒人，烂醉花间应有数"啊！

这种愁，轻吗？也许比游丝还轻。

但也许，那超越了生存痛苦还萦绕不去的愁，才轻巧而锐利地，指向了我们生命的本质——在他人眼里已得到一切的人，依然会被无端的愁绪缠住。酒醒之后，于斜阳余晖中，再度陷入愁思。

## 人间没个安排处：

### 李冠《蝶恋花·春暮》

遥夜亭皋闲信步，才过清明，渐觉伤春暮。数点雨声风约住，朦胧淡月云来去。

桃杏依稀香暗度。谁在秋千，笑里轻轻语？一寸相思千万绪，人间没个安排处。

最早读到这首《蝶恋花》时，它是被归在李煜名下的，具体用词也稍有不同：

遥夜亭皋闲信步，乍过清明，早觉伤春暮。数点雨声风约住，朦胧淡月云来去。

桃李依依春暗度，谁在秋千，笑里低低语？一片芳心千万绪，人间没个安排处。

多年以后，我才知道学界多数认为它是李冠的作品。

关于李冠，我们能知道的事不多。只知道他字世英，是山东历城（今山东济南）人，生活于宋真宗时期。他多次考进士不第，被赐同"三礼科"（宋代科举考试"诸科"

中的一门，诸科中举者地位次于进士举。诸科考试在王安石变法时被废）出身，做了乾宁主簿，以文才著称，著有《东皋集》，但已散失了。

与南唐后主李煜浓墨重彩的传奇人生相比，李冠的履历真是平淡得不值一提。但这样也好，我们可以抛开作者，不必在乎他是李冠还是李煜，只干干净净地来欣赏这阕词——说实在的，这也是我最喜欢的事。脱离了作者的故事，文字会以一种纯粹的姿态成为主角，与我们的灵魂对话，之后，真正属于我们，而不仅仅属于它的创作者。

清明节刚过后的一个春夜，诗人睡不着，在城郊水边散步。

"遥夜"，指的是"长夜"，从入暮到天亮的距离很"遥远"，可见这个"夜"是很长的。但我们都知道，一年中，冬夜是最长的，尤以冬至当夜最长。过了冬至，夜就一天天地变短。民谚有云："吃了冬至饭，一天长一线。"过了冬至，每个白天都能比前一天多做一根线的针线活。当时的线是用麻纤维（棉的大规模使用要到宋末元初了）捻成的，用来做针线活的"一根线"不能太长，太长了抽拉不方便；也不能太短，太短了做不了多少活就要停下来打结，既浪费时间也浪费线。每天多出来的这点时间，正好够用完一根线。在二十四节气中，清明节排在昼夜等分的春分之后。春分后，夜晚实际已短于白昼。可见，春天的"遥夜"不是客观事实，而是主观感受。不是夜真的长，而是诗人心事重重，让他觉得夜长。

"亭皋"，现在多被解释为水边平地，但"亭"的原意是供人歇宿的路边公房，后又有驿亭、亭子等引申义，不管怎么变化，都是建筑物；"皋"是水边的平地或高地，从下阕出现了"秋千""笑语"来看，诗人所在的环境是有人家的。故此，将其理解为城郊水边，尚有亭台、民居的地方似更为合适。

"闲信步"，没有目的地在路上闲走。信步，不是人主导脚，而是脚主导人——把路交给脚，信着它们、由着它们带自己到任何地方去。人会在什么状态下"信步"？要么是悠然，一毫心事都无，喜悦平静，于是可以信步缓行，体味闲暇之乐；要么是茫然，心脑都被事情塞满却不知如何是好，于是信步漫行，反正走到哪里都无所谓了。

诗人是悠然还是茫然呢？"遥夜"一词，恐怕已给了我们答案。

信步走了一会儿，诗人慢慢从自己的思绪中走了出来，开始注意到周围的环境。他说：清明节刚过，我就感受到春天将要结束了。

与"才过清明，渐觉伤春暮"比，"乍过清明，早觉伤春暮"似更合情理。毕竟，"才"说的是时间刚过清明节，"渐"是缓慢地感知，逐渐地推移，而"乍"的时间更短，"早觉"更体现了诗人对时间的敏感，对春天将要离去的震惊和怜惜。但是，再细细品味一下，"乍"和"早"的读音、音调，太过突兀、锐利，与整首词安静、舒缓，乃至有点茫然的情感基调，反而是冲突的。他是从满怀心事、信步漫行的状态里抬起头来的，犹如梦醒一样，"渐渐"意识到，"才过"了清明，时序已来到了暮春。

伤春之情刚起，天空适时地落下了几点疏雨，很快又停了，像是被随后吹起的轻风束缚住了一样。"约"的本意是绳索、捆缚，风起而雨收，正像是风把雨轻轻拘管住了。一片薄薄的春月贴在天上，淡淡的云忽而来了，忽而又去了，月光也因而朦胧不明，似乎不愿因过于明亮而惊扰诗人。

这是太美、太轻盈的词句。难怪清代沈谦在他的《填词杂说》里说，宋词里备受推崇的"红杏枝头春意闹""云破月来花弄影"都不如这两句。

上阕在朦胧的月光中结束，下阕则从淡淡的花香中开始。

究竟是"桃杏依稀香暗度"还是"桃李依依春暗度"？应该确是前者。一来写过了视觉，也该嗅觉出场了。二来，上阕已有"伤春暮"，下阕再说"春暗度"，词和意都重复了，意境上也并没有进一步地拓深。清明前后，正是桃花、杏花盛放之时。"依稀""暗度"暗示花朵距离作者较远，也符合这首词从头至尾安静、舒缓又低迷的情调。

接下来，有人出现了。"谁在秋千，笑里轻轻语？"清明荡秋千，是一项自古盛行的重要民俗，南北朝时的风俗著作《荆楚岁时记》中记载："春时悬长绳于高木，士女衣彩服坐于其上而推引之，名曰打秋千。"在唐代荡秋千已很普遍，并成为清明节的重要游戏内容。这个习俗延续至元明清三代，干脆定清明节为秋千节，就连皇宫里都安置了秋千，以供皇后、嫔妃、宫女玩耍（《甄嬛传》里，甄嬛与皇帝情定秋千架，也是很合理的）。所以，此时此处有秋千出现，是顺理成章的。

　　因为月色朦胧不明，诗人虽能看到秋千的轮廓，看到秋千上有人，却看不清是谁——但，肯定是女性，至少，有女性。诗词里的秋千，总是与女性，尤其是年轻女性联系在一起的，就像上一段中说的那样。不过，即使能看清，也没什么用。她们不可能是他认识的人，更不可能是他期待的人。但是，她们的出现，像是嚓的一下点亮了一根火柴，一簇小火苗跳出来，照亮了整首词，点明了他郁结的原因："一寸相思千万绪，人间没个安排处。"

　　——他是在如此缠绵、如此无望地思念着一个人。

　　"一寸"指的是心。古人认为心是方寸之地，故此也称心为方寸、一寸，"一寸相思"也就是满心相思了。这个词同时化用了李商隐的"春心莫共花争发，一寸相思一寸灰"和晏殊的"无情不似多情苦，一寸还成千万缕"，这两句诗里的"一寸"则有"计量"的意思。"一寸相思一寸灰"，相思如一炷香，一寸一寸地烧成了香灰，可见其痛苦煎熬；"一寸还成千万缕"，相思如绸布，挑开一寸，竟能化为千丝万缕，可见其缠绵纷乱。诗人的这份相思，亦是如此。

　　"人间没个安排处"，这份相思之情充塞着他、折磨着他，他想要从中解脱，却发现，天地之大、人间之广，竟无一处可以安放它！终究，他还是要独自承受，独自珍藏。它是驱使他水边信步的原因，却也是他独自拥有的珍宝。

与"一寸相思"比，"一片芳心"就不太恰当了。"芳心"肯定是用于女性的，而这首词的主角自始至终都是一名男子，在此处转换视角，完全不合情理。何况，"相思"二字一出，开头那句"遥夜亭皋"也有了着落。唐朝诗人张九龄在《望月怀远》里写过"情人怨遥夜，竟夕起相思"，遥夜信步的原因，原来就是"相思"啊。李冠居然以这样的方式，形成了词作的首尾呼应！

如此短的一首词，写得如此美、如此真，又如此玲珑完满，李冠确实是此道高手。他的《东皋集》里是否会有更多首这样的绝妙好词呢？可惜，也许我们再也无从知晓。

这首词到此其实已经读完了，但我想额外多说几句的是，虽然从词义上来说，"一寸相思"比"一片芳心"更恰当、更准确，但我私心里却更偏爱"一片芳心千万绪，人间没个安排处"这句话。偏爱它的原因，正是因为它脱离了"相思"的范畴，揭示了一个或许是永恒的人类困境：

生活，永远在别处。而人类，几乎是无法在人间安顿好自己的心灵的。

普通人总以为，让自己痛苦的都是一些实际事务，比如不得不去解决的生存问题、不得不去周旋的人际关系、不得不忍受的身体疾病，只要解决了这些，生活衣食无忧，人人和乐融洽，身体健康强壮，自己就会觉得幸福。其实，使人难以安定的，是我们这颗永远在向外攀缘、永远动荡不安的心。哪怕在看似圆满的境地，它也会悄悄生出"不满"的枝蔓，重新带我们回到"人间没个安排处"的状态。

《红楼梦》第二十三回，贾宝玉和众位姐妹一起搬进了大观园后，"自进花园以来，心满意足，再无别项可生贪求之心。每日只和姊妹丫头们一处，或读书，或写字，或弹琴下棋，作画吟诗，以至描鸾刺凤，斗草簪花，低吟悄唱，拆字猜枚，无所不至，倒也十分快乐"。可以说是十分称心如意，结果，"谁想静中生烦恼，忽一日不自在起来，这也不好，那也不好，出来进去只是闷闷的"。

你看，贾宝玉正是我们普通人眼中什么都有的人。贵族子弟，无衣食之忧；地位尊贵，人人捧着宠着，无人情烦恼；青春年少，无病痛之苦——也正因如此，薛宝钗笑称他"富贵闲人"。但这样的人照样会有难以名状的烦恼。而这样的烦恼，或许正是我们每个人都会面对的问题：生命的意义。

　　木心说："生命是时时刻刻不知如何是好。"这句话，正是"人间没个安排处"的现代表达。

　　那么，到底该怎么安排呢？到底如何是好呢？我想，我们每个人都会有属于自己的答案。又或者，终此一生，我们都在摸索着去寻找这个答案吧。

为愁绪画影图形：

秦观《浣溪沙》


漠漠轻寒上小楼，晓阴无赖似穷秋。淡烟流水画
屏幽。

自在飞花轻似梦，无边丝雨细如愁。宝帘闲挂小
银钩。

或许你已经听说过，人群中有这么一类人：

在同样的环境中，他们会比其他人注意到更多的细节，比如颜色、气味，他人脸上的表情、说话的语调，以及语调中透露出的微妙情绪。同样的声音对别人来说不过是热闹，对他们可能就是吵闹。同样的花，在别人眼中不过是"好看"或"不太好看"，他们却能知道，到底这朵花美在何处，又是哪一处线条削弱了那朵花的风姿。

对他们来讲，所有事物好像都加上了放大镜。情绪也是如此，喜，会特别地喜，"漫卷诗书喜欲狂""舞低杨柳楼心月，歌尽桃花扇底风"；悲，也要特别地悲，"寻寻觅觅，冷冷清清，凄凄惨惨戚戚""问君能有几多愁，恰似一江春水向东流"。常人轻轻放过的情绪，于他们，却常常是惊涛骇浪，会久久被裹挟其中。

所以，他们常常是内向的，因为必须沉默着去感受、去消化铺天盖地的信息；他们也常常是善于内耗的，在表达或做出行动之前，他们会先唱足够久的内心戏——戏唱完了，那股鼓动人行动的激情也往往就消退了，于是，在世人眼中，他们最后什么都没做。

这样的人，却也常常是善于表达的，只是不见得用口齿，而可能是用笔墨，用歌喉，用躯体，用黏土或石块——他们往往会成为写作者、歌唱者、舞蹈者、雕刻者。总之，他们会成为用文艺来表达感受的人。世界给了他们丰沛，他们不得不还之以绚烂。

这样的人，在今天，被称为"高敏感者"。我们已经确认，高敏感是一种天赋，而高敏感者，一直在用他们的敏感改变着这个世界，从古至今。

秦观，就是一位著名的古代敏感者。因为敏感，他才能用柔婉轻灵的意象和语言，营造出幽微缥缈的意境，表达出一种"人人心中有，人人笔下无"的恍惚迷离的情怀，图画出那缕盘桓于我们内心，却说不清道不明的轻愁——对，说的就是这首《浣溪沙》。

"漠漠轻寒上小楼。"在未知何人、何处、何事之前，轻轻袭来的，首先是一阵不那么浓重的寒意。这寒意虽然轻微，却广大无边，又寂静无声。"轻寒"，给人一种季节的暗示，只能是春或秋，夏只有"微凉"，冬只有"严寒"。"上小楼"的，究竟是谁呢？很多人说，是这首词的主人公，根据整首词的环境描写、氛围衬托可知，"上小楼"的很可能是一位年轻的女性，闺秀或少妇。但我觉得，"上小楼"的正是这广大无边的轻寒。不为别的，就为这整首词背景音的寂静——自始至终，它没有发出任何声音。"漠漠"的轻寒是寂静的，画屏、飞花、丝雨是寂静的，宝帘、银钩更是寂静的。整首词没有大幅度的动作，更没有稍微大一点的声响。而一个人"上楼"，无论她多么轻盈，多么袅娜，脚步放得多么轻，迈步向上的动作、"笃笃笃"的节奏声响，在这首词的背景下，都是突兀的。

所以，上楼的，应该就是那阵广漠的、寂静的寒意。它轻轻地、无声地弥漫到了小楼之上，让不必明言却从未缺席的主人公感到寒冷——这主人公，很可能就是一位年轻的女性，更可能是写下这首词的秦观。

"晓阴无赖似穷秋。"这阵轻寒的起因，原来是清晨的阴天。穷秋，指的是农历九月，也就是秋天的最后一个月。"穷"在这里是"尽"的意思。既然是"似"穷秋，也就不是秋天，而是春天。明明该是温暖的季节，却有这般广漠的寒意，说一句这天气"无赖"不讲理，便再也正常不过。"无赖"也有"无奈"之意，对这不讲理、不应该的寒冷无可奈何，也十分讲得通。古汉语就是有这样的多重意蕴，高手在句子里下定一个字，是拿捏好分寸、揣度过轻重的，字的背后往往还有字。故此，古诗词若直接翻译为现代汉语，往往直白浅露，原有的韵味、美感几乎全部丧失。

"淡烟流水画屏幽。"在这样春阴的清晨，在这样轻寒的小楼中，无可奈何的主人公看到了屋内的画屏。而画屏上的画，又是如此契合当下的氛围：大片的烟霭与流水，看上去恍惚迷离，幽远惝恍。一时之间，很难分清这种感觉究竟是屏风上的画还是主人公的心境带来的。也或许，心境即画境，画境映心境吧。

上阕就用如此轻灵的笔调，为我们铺陈了一个寂静微寒、凄冷迷离的室内小世界。每个字都用得那么轻，却又那么准。

"自在飞花轻似梦，无边丝雨细如愁。"很难形容我读到这两句词时的惊艳感，是忽然潜入了他人柔软、迷蒙又略带忧郁的梦中，也是踩进了这场如牛毛似花针的细雨里——那是只属于春天的雨啊，但你记住了这个句子，就可以从任何一个季节跨进去，让这轻盈的雨水温柔沾濡全身，一次又一次，永不失约。

秦观就有这种本事。在明白词意之前，他的句子已经使你陷进去了。与他同为"苏门四学士"的晁补之曾经说，少游的词，"虽不识字人，亦知是天生好言语"，是一眼明了的好。

下阕，秦观貌似将视角从室内转向了室外，写了一场春雨和春雨中的飞花。"丝"是蚕丝，极纤细，又极柔软，且有丝滑的亮光，用来形容春季特有的细雨，再贴切不过了。这一句，衬得千年以后朱自清那句著名的"像牛毛，像花针，像细丝"都太过粗糙。

雨是这般柔软纤细的丝雨，花呢，是自自在在的飞花。既然能飞，自是有风，飞得"自在"，这花就不会太大，这风也不能太强。花大了，便飞不起来，只能坠下；风强了，花也自在不了，只能癫狂随风舞。是恰到好处的软风，托着恰到好处的细碎花朵或花瓣，从从容容地，自由自在地，慢慢落了下来。

花是如此轻盈而自由自在，就像梦一样；雨是如此纤细而无边无际，就像愁一样——许多人说，这是两句奇语，因为秦观非常罕见地用抽象的情感来比喻具体的物象，普通人不过能做到以花喻梦、以雨喻愁而已，秦观却相反。

但——秦观写到的，真的是实际的花和雨吗？如果你仔细观察，就会发现，无论多么细碎轻盈的花瓣，只要沾染上了雨水，无论那雨水有多细小，花瓣都会变得沉重，不再可能款款落下。自在飞花与无边丝雨，是不可能在同一时间出现的事物。故此，秦观写的，很可能并非窗外风景，而依然是他的心境。是他的梦如飞花般轻盈自由，是他的愁似丝雨般无边无际。在他的心境中，这不可能同时存在的事物并行不悖，和谐共存，且以其意境之美，令读词者为之销魂，完全意识不到违背自然之处。

结尾一句"宝帘闲挂小银钩"，从景又回到那个隐匿不见的人。是的，这首词里是有人在的，虽然如此隐约。轻寒"上"小楼，楼中自有人。像第一句一样，秦观依然不让人直接出现、直接动作，因为再小的动作、声音与"飞花、细雨"比，都太大了，也太响了。所以，似乎不经人手，缀满珠宝的帘子松松挂了起来，久久垂着，像是为这首词画上了余音袅袅的休止符，也像是拦住了弥漫于读词者心中的梦与愁……

这首词，真像是被遗落在人间的一个小小梦境，被秦观用词句做成的水晶宫罩着。无论何时重读，都会发现一切新鲜如初。他把人心里最细微的烦恼写了出来，字用得那么轻，却又那么恰切。他从未言明这忧愁的名字，但你好像完全懂得，因为你也有过这样的时刻——是烦恼的，但又不那么强烈。你似乎等待着什么，又似乎一无所待。情绪是微妙地在流动的，却又寂静如不动。你想做点什么，却也想什么都不做，就沉溺于这片寂静之中。这烦恼，应该是发自生命本身的，是活着而又无其他重大事务逼迫时，油然而上心头的一种怅然。无以名之，只能唤它"闲愁""轻愁"。有人说闲愁无用、无聊又无益，我却觉得，它反而是最贴近生命本质的一种东西。为生计、事业而愁，固然愁得有理有据，却是那么具体务实，解决掉起因后，那些愁就可以消失。唯有闲愁、轻愁，是生命对你的轻声追问：活着，是怎么一回事呢？人，又是怎么一回事呢？

没有人能回答。李冠曾写过"一寸相思千万绪，人间没个安排处"；木心后来说："生命就是时时刻刻不知如何是好。"与秦观相比，他们都太"有为"了。李冠试图"安排"，只是找不到地方；木心想知道"如何是好"，只是没有答案。而秦观呢，他只是轻轻挂起了那面美丽的帘子，默默地在无边轻寒中，体味着花一般的梦、雨一样的愁罢了。

豪情

　　词这种文体，发端于隋，发展于唐、五代，宋时达到鼎盛，其风格也从初始时以描写爱情、相思等的"艳词"为主，拓展成"婉约""豪放"二派。婉约派以李清照为宗主，豪放派以苏轼为代表。

　　虽然苏轼是大家公认的豪放派代表人物，具备豪放之风的词作却不是他出现后才有的。敦煌曲子词里就有不少豪壮的军事战争词、爱国述志词、盛世歌颂词。到了北宋，范仲淹等人进一步将军旅边塞、家国情怀引入词中，令词的境界为之一阔。而南宋的张孝祥、辛弃疾、陈亮等人，更是将满怀壮志、一腔热血完全灌入词中，读他们的词，看见的不只是文字，更是一颗颗跃动的赤诚之心。

　　爱国悯民是豪情，与天地对话是豪情，以词追寻自我，又何尝不是豪情呢？故此，在本章中，除了范仲淹等人外，我特意选了本为婉约派宗主的李清照的一首豪放词《渔家傲·记梦》——你看，伟大的词人从不拘泥于风格，他们是无所不能的。所谓文字，不过是他们述志写情的工具，他们能放能收，能巨能细，能纤巧玲珑，也能波澜壮阔。而读词，就是在读他们内心的风景。

**我真正的乡愁，是和平与众生：**
范仲淹《渔家傲·秋思》

塞下秋来风景异，衡阳雁去无留意。四面边声连角起。千嶂里，长烟落日孤城闭。

浊酒一杯家万里，燕然未勒归无计。羌管悠悠霜满地。人不寐，将军白发征夫泪。

客居京华之时，如郁达夫似的，我也最爱故都的秋日。但游荡于那晶明澄澈的空气中去看一树金黄的白蜡树时，也不免会忆起老家中原乡村的秋来：

最早是一缕凉意如薄纱般由晨昏携来，逼人暑热忽然打开一个缺口，逐渐地，秋色染上每一种植物，金翠披离，朱褐掩映。田里的庄稼一波波地熟了。初秋就收玉米，稍晚便收大豆和花生，中秋过后又"出"红薯。晚间院子里亮着灯，家人团坐剥玉米皮，磕掉花生棵上的泥土，把花生粒拽下来……直到家家户户在落尽了叶子的树上挂起了编成大串的玉米，屋檐下也挂上了火红的辣椒串，秋日也就算过完了。

一千多年前，范仲淹在陕北吟诵"塞下秋来风景异"

时，所怀念的，只怕也有当时的中原。

北宋景祐五年（1038），自唐朝时就臣服、辅助中原政权的党项李氏一族，在李元昊的领导下，建立了大夏国（史称西夏）。次年（1039）正月，李元昊派使者到汴京，向宋仁宗上表，要求北宋承认大夏立国的合法性。

大宋自然是不肯，不仅不肯，且下诏"削夺赐姓官爵"（李元昊所属部族原姓拓跋，因辅佐唐朝镇压黄巢起义，被赐姓李；后归顺宋朝，又被赐姓赵），停止"互市"，还在两国边境张贴榜文，以重金与高官职位为赏，通缉捉拿李元昊。战争一触即发。

于是，通过多次派出密探侦测及试探性进攻，把北宋边境布局摸得一清二楚之后，北宋康定元年（1040），西夏大举进攻延州（今陕西延安一带），于三川口大败宋军，延州知州范雍被贬职。随即，宋仁宗调名臣夏竦任陕西路经略安抚使，派韩琦、范仲淹为副使，共同迎战西夏。头年十一月刚任职越州（今浙江绍兴）知州的范仲淹，转身就从山明水秀的江南，来到了悲凉肃杀的塞外。

这也是这首《渔家傲》劈头就说"塞下秋来风景异"的原因——与何处"异"呢？自然是江南和中原，范仲淹的大半生都交付的地方。他出生于徐州，成长于苏州和山东长山，求学于应天（今河南商丘），做官后先后就职于泰州、楚州、应天、陈州、开封、饶州、越州等地，虽辗转，却始终奔波在江南和中原的大地上。因此，他熟悉的秋日风景，也是属于江南和中原的。江南的秋，是"碧云天，黄叶地，秋色连波，波上寒烟翠"，中原的秋，是"纷纷坠叶飘香砌。夜寂静，寒声碎。真珠帘卷玉楼空，天淡银河垂地"……而塞下迥异的秋色，又是如何呢？

"衡阳雁去无留意。"本以为下一句要开始铺陈秋色了，范仲淹却进一步渲染气氛，告诉我们，就连要飞去衡阳的大雁，都毫无留恋塞下之意，径直展翅飞走了。古人传说，大雁北栖雁门（今山西忻州代县北部），南翔衡阳（今湖南衡阳），衡阳甚至有座"回雁峰"，是大雁驻足过冬之地。大雁尚且如此，更何况人呢？

"四面边声连角起。"这一句，将视角从天空引向大地，也从视觉切换到听觉。边塞上，多的是"边声"——牛羊嘶鸣，胡笳奏响，大风鼓荡，衰草窸窣……与军营中吹奏的号角声连成一片，苍凉、萧瑟、豪壮、孤独之感也混成一团，将词人裹得严严实实。角，就是号角、画角，相传由黄帝创制，也有说法是来自羌族。号角声高亢悲凉，能传很远，常在军队中用来警报昏晓、振奋士气。角声一般在黎明或傍晚时响起，此处的角声也暗示着时间：是清晨，还是黄昏呢？

"千嶂里，长烟落日孤城闭。"这一句给了答案。词人把镜头拉远，让我们看到，在群山屏障环绕之中，狼烟摇曳、落日沉下之处，一座孤城紧紧关上了城门，呈现出一种坚决的、干脆利落的守势。

这座孤城，很可能就是大顺城，是范仲淹自己率军花十天时间复建的一座堡垒。

大顺城所在地马铺砦，现在属于甘肃省华池县，北宋时属于庆州，范仲淹抵达时已被西夏侵吞。庆历二年（1042）三月，制定了"积极防御、守中有攻"政策的范仲淹，命长子范纯祐和番将赵明率兵偷袭西夏，夺回了马铺砦。他自己随后又率领军队秘密出发，手下无人知道他的目的。快到西夏军防地时，他突然下令就地筑城，只用了十天，就重新建造了一座城池。西夏听闻后，派三万骑兵攻城，范仲淹带将士们"依城而阵，以坚以格"（背靠大顺城结成军阵，坚决地抗击敌人），双方血战之后，西夏无功而返。自此，宋军以大顺城为中心，与白豹、金汤等城堡遥相呼应，建构出"堡寨呼应"的坚固战略体系，在后续几十年间的宋夏战争中发挥了重要作用。

整个上阕，从天空写到大地、山峦、孤城，告诉我们，这不是一首普通意义上的边塞诗词，它出自一位真正的将帅之手。写这首词的当下，他就在战场上，就在那座以守为攻、揳入西夏腹地的孤城中。他面对的，是真正的战争。他手中捧着的，是滚烫的江山和众生。而他为此夜不能寐。

"浊酒一杯家万里，燕然未勒归无计。"塞外苦寒，美酒难得，何况范仲淹也无意于美酒佳肴。身为儒家精神的正统继承者，他"先天下之忧而忧，后天下之乐而乐"，跟将士们同吃同住，绝不搞特殊待遇。而且，在这样悲凉雄浑的氛围中，美食美器是突兀的，粗糙的浊酒反而更合适。所以，于情于理于诗，那杯酒都只能是浊酒。

独自面对这杯浊酒，范仲淹想起了遥远的家，更想起了肩上沉重的担子——击败西夏，保大宋平安。"燕然未勒"用的是"燕然勒功"的典故。东汉时，车骑将军窦宪率领副将耿秉，各带四千骑兵，联合南匈奴三万余骑兵出征，大败北匈奴于稽落山（今蒙古国额布根山），北匈奴仓皇北逃，汉军追击至私渠比鞮海（今蒙古国邦察干湖），北匈奴纷纷降汉。窦宪等人登上燕然山（今蒙古国杭爱山），命当时以"中护军"身份随行的班固撰写了《封燕然山铭》来宣扬此功，并将其刻写（勒石）在一座山崖上，史称"燕然勒功"。

身为大将，谁会不期望这样一种成功呢？可惜与西夏开战以来，北宋面对的一直是失败，失败，再失败。北宋因赵匡胤陈桥兵变而建国，故此对掌握军权的武官最为忌惮。北宋立国后，长期奉行"重文轻武"政策，时常调动将官，以免武将与军队长期绑定，形成独立的割据势力，久而久之，便形成了"兵不知将、将不知兵"的局面。以这样的军队面对精悍的西夏军，无异于以卵击石。

看清局势后，范仲淹在大力整顿军队的前提下，提出了"积极防御"的对策，想在"打持久战"、拖垮西夏的同时，逐步打造一支劲旅。与他同为副将的韩琦却持不同意见。韩琦建议集中优势兵力，大举反击，一次打垮西夏，宋仁宗支持韩琦的策略。结果，宋军于好水川（今宁夏隆德城北）被西夏军伏击，又一次大败。之后，范仲淹的策略才被重视起来。

"羌管悠悠霜满地"这一句，用悠悠的羌管之音，把范仲淹从满怀思绪中拉回现实，也暗示着时间的推移。从落日到浓霜，也就是从傍晚到深夜乃至凌晨——只有气温到了零度以下，水汽才会直接凝成霜华。中原深秋时节的霜华往往从凌晨两点开始凝结，边塞苦寒，时间只怕会提早一些。结霜还要求天气晴朗而有微风，这从侧面印证了"长烟落日"是多么写实——唯有微风或无风时，狼烟才能直直长长连天彻地。

看过了落日又迎来了浓霜，范仲淹一直未曾入眠，也就是"人不寐，将军白发征夫泪"。范仲淹写自己白发，并非虚写。到边塞那年，他已经五十二岁了，建造大顺城是第二年的事。古人衰老得早，他本已到了长白发的年纪，又日夜为战事忧虑悬心，头发自然白得更快更多。最后三个字，把整首词结在了"征夫"身上——这些远征他乡的战士，与将军一样，既有为国捐躯的觉悟，也会彻夜思念故乡和家人，在羌笛声中思乡落泪。

明代文学家瞿佑在《归田诗话》里批评范仲淹说："公以总帅而出此语，宜乎士气不振，而无成功。"传说中（多半不实），范仲淹的好友欧阳修读了这首《渔家傲》，也曾戏称范仲淹是"穷塞主"。不曾上过战场的人，想当然地挥洒起"豪情"来，总是毫无节制地好大喜功。相反，打过仗的人，才会真正明白，"一将功成万骨枯"这句话是多么沉重、多么沉痛。当年韩琦力主进攻时，韩、范共同的好友尹洙也不理解范仲淹的"积极防御"政策，感叹说："韩公（韩琦）曾说，'用兵当置胜负于度外'，您如此小心谨慎，看来真的不如韩公啊！"范仲淹则回答："大军一动，万命皆悬。把如此多的人命'置于度外'，我真的无法认同。"他无法不把"征夫"的命当作命，更不愿用他们的鲜血，染红自己的将袍。

范仲淹的努力是有成效的。虽然未能全面改变北宋与西夏战争的结果，但有他的地方，就成了铜墙铁壁，西夏军再也无法取胜。他整顿、训练军队成绩斐然，提拔了以狄青为首的一批精锐青年将领，把这支军队带成了一支劲旅，直至北宋末年都在发挥重要作用。不久后，西夏又发起第三次大规模战争，"定川寨之战"，双方各有胜负。由于长期战争，西夏物价腾贵，民不聊生，认清现实后，双方开始了和谈，于庆历四年（1044）达成了和议：

西夏同意向宋称臣并取消帝号，元昊接受宋的封号，称夏国主；

双方均把自己掳掠的将校、士兵、民户归还给对方，其后，如双方边境的人逃往对方领土，都不能派兵追击，双方互相归还逃人；

西夏归还在战争中侵占的宋朝属地，双方可在自己疆土上自建城堡；

宋朝每年"赐"给西夏银 5 万两，绢 13 万匹，茶 2 万斤，每年还需在各个节日"赐"给西夏银 2.2 万两，绢 2.3 万匹，茶 1 万斤。

自此，北宋与西夏开始了长达几十年的和平共处。而范仲淹终于可以回到都城开封，与韩琦、富弼、欧阳修等人一起，由宋仁宗力挺，开始主持为期一年多的"庆历新政"。那，是又一个故事了。

## 我曾渴望成就不被允许的传奇：

### 李清照《渔家傲·记梦》

天接云涛连晓雾，星河欲转千帆舞。仿佛梦魂归帝所。闻天语，殷勤问我归何处。

我报路长嗟日暮，学诗谩有惊人句。九万里风鹏正举。风休住，蓬舟吹取三山去！

有时候我觉得，逝者的一生像是一尊瓷器，与其他瓷器一起，被装载在"岁月"这艘有去无回的巨轮上，最终注定撞上一座名为"遗忘"的冰山，破裂为无数碎片，沉入时间的深海。

　　而认识古人，就是从无涯的深海中一片一片地打捞碎片，磨洗污渍，仔细辨认，根据花色、质地，努力把碎片拼合在一起，试图还原它本来的样子。

　　想想就知道，这是一件多么艰难而易错的事。要有多结实的质地，多幸运的机会，一个人才能在历史上留下足够多的碎片；又要靠多少后人的耐心辨认，它们才能不与其他碎片混淆，成为证明自己的材料。

　　也因此，我们很难真正说认识了哪位古人——我们认识的，只是他（她）的碎片，以及那些碎片在我们心上留下的投影。

所谓解读古人，更多时候，是以碎片为经，以想象为纬，以自身见识、情志为骨架，去构造一个独属于自己的虚拟人。

我对李清照的理解，也不外如是。

最早，她落在我心上的投影，是贪玩、快活、洒脱不羁的少女："常记溪亭日暮，沉醉不知归路。兴尽晚回舟，误入藕花深处。争渡，争渡，惊起一滩鸥鹭。"鸥鹭惊飞之际，这女孩应该先是小小吃了一惊，紧接着就放声大笑吧。

继而，她又成了春日里敏锐善感，却也明朗娇艳的少妇："昨夜雨疏风骤，浓睡不消残酒。试问卷帘人，却道'海棠依旧'。知否，知否？应是绿肥红瘦！"她知道风雨会打落花瓣，却也无太多伤感，毕竟"红"固然"瘦"了，"绿"却也"肥"了。时序的交替里有逝去也有新生，有惆怅更有希望。

再后来，她是懂了相思之苦、为情瘦损腰身的女子："莫道不消魂，帘卷西风，人比黄花瘦。""此情无计可消除，才下眉头，却上心头。"哪怕是如此精准地写出了相思的刻骨铭心、魂牵梦绕，李清照的表达都始终是明朗的、开阔的。想就是想了，瘦就是瘦了，她刻写到入骨，却绝不像秦观那样迷蒙缥缈，难以捉摸。

最后，她是历经离乱、厌见繁华的老人："如今憔悴，风鬟霜鬓，怕见夜间出去。不如向、帘儿底下，听人笑语。"又是一年元宵佳节，却国已破，家已亡，人已老，寄寓于临安某座浅窄房屋内的李清照，已没有了打扮济楚出门游玩的雅兴，只是坐在屋内，听着街上的笑语，默默回忆往昔。

是了，就是这样了。一个才华横溢的古代闺秀所能拥有的无非也就是这样的一生。生于名门，嫁于良人，殁于岑寂，留下数十首精金美玉般的诗词，被后人推崇为"婉约词宗"，已是卓立于青史之上、独一无二的奇女子了，不是吗？

应该是吧。可为什么，我还是隐隐觉得不够？隐隐觉得，她不只如此。大概是因为，还有一些格外闪耀的碎片，以过于明亮的光芒，刺痛着我的眼睛。

比如这首《渔家傲·记梦》。

一开篇，一贯被视为婉约词宗主的李清照却营造了一个大气磅礴的幻境：云涛滚滚，雾气弥漫，云雾与天幕连成一片，银河将要翻转，河中千帆竞发，迎着云涛与长风猎猎舞动。在这壮阔的美景中，李清照似乎乘着银河之舟到了天帝所在之处，并听到了天帝殷勤的慰问："你想要归去何方？"

能把云涛茫茫、千帆舞动的场景描摹出来，固然是因为李清照有强大的想象力和笔力，也是因为，在现实中，她见过类似的画面。

这首《渔家傲》创作于李清照南渡之后——中国历史上的每一次南渡，都与中原政权的屈辱失败有关。这一次也不例外。北宋靖康元年（1126）至靖康二年（1127），金国攻破宋朝国都汴京（今河南开封），烧杀掳掠之后，将宋徽宗、宋钦宗及后妃、皇子、宗室、贵戚、高官、百姓等不下十万人掳走，并将宫中的宝玺、舆服、法物、礼器等贵重物品一并席卷而去，史称"靖康之耻"。身为宋徽宗第九子的康王赵构，当时因在外地招兵而幸免，之后于应天府（今河南商丘）登基，建立南宋，赵构就是历史上的宋高宗。

南宋建立初期，政权并不稳定，金兵持续追杀，宋高宗不得不学习东晋王朝，向南渡过长江，依靠江河天险来维持偏安局面。即使如此，金人仍然多次南下侵扰，直到南宋向金称臣纳贡，才维持了一段难得的"和平岁月"。

"靖康之耻"发生时，李清照随夫君赵明诚正在淄州（今山东淄博市淄川区），赵明诚时任知州。靖康二年（1127），夫妇二人正要南渡，赵明诚忽然收到母亲在江宁（今江苏南京）去世的消息，于是只身前去奔丧。李清照则回到青州（今山东青州，距淄州不远）故居去收拾行装。

青州有赵明诚父亲赵挺之的故居。赵挺之曾两度拜相，位高权重。但他与权相蔡京是宿敌，曾将蔡京两次赶下相位，结果在蔡京再度复位时落败，五日后便去世了。他去世后，赵明诚与李清照回到青州故居，在此度过了十年闲逸美好的隐居时光。正是在这里，酷爱金石之学①的夫妇二人节衣缩食，最终收藏金石数千种，并著成《金石录》一书，该著作成为我国金石目录和研究专著中的翘楚。

建炎元年（1127）十二月，进行了艰难的拣选、抉择

---

① 中国考古学的前身，以古代青铜器和石刻碑碣为主要研究对象，特别重视其上的文字铭刻及拓片；广义上还包括竹简、甲骨、玉器、砖瓦、封泥、兵符、明器等一般文物。

之后，李清照不得不留下约十间屋子的藏品在青州，准备次年春再运走，自己则带着十五车金石、图书南下江宁。没想到，金兵很快攻陷青州，所有藏品被焚为灰烬。

建炎二年（1128）九月，赵明诚任江宁知府，次年（1129）三月，御营统制官王亦谋反，被赵明诚的属下平息，赵明诚却于动乱之际弃城而逃，因而被罢官。两个月后，赵明诚又被任命为湖州知事。赴任途中，宋高宗召他去建康（由江宁更名建康）觐见。赵明诚将李清照留在船上，独自奔赴建康，却在途中得了疟疾，李清照闻讯赶到时，他已病重不治，于八月十八日离开了人世。

自此，李清照携带着两人辛苦攒下的藏品，开始独自在世间流亡。

当时，宋高宗为了躲避金人追击，一路南逃，于十二月十七日带官员、宫女约三万人从明州（今浙江宁波）乘船出海，在海上漂泊四个月之久。而那时，李清照听到流言，说她与赵明诚有与金人通好之嫌（史称"颁金"之谣），惊恐的她为了证明自己的清白，决意追上宋高宗的船队，把藏品都献给他。经过长途奔波，她在章台（今浙江临海市东南）追上了宋高宗的船队，跟随船队航行至衢州才停下。这段与大型船队一起在无边海洋上航行，亲历万里波涛、风浪的经历，有可能就是这首《渔家傲》壮阔景色的背景。

在梦境中，慈祥的天帝询问李清照想要归往何处。这个"归处"，既是现实的，也是精神上的。

现实中，南宋定都临安（今浙江杭州）、偏安江南成为定局，李清照也在颠沛流离之中散失了绝大部分藏品，又经历了再婚后被抢夺藏品、暴力相向，之后主动离婚的波折，最终孤身寄居于临安。而她有生之年，无一日不想回归故土——"故乡何处是，忘了除非醉"。

精神上，这句话恐怕是一个终极意义上的追问："你，此生的意义是什么？"

"我报路长嗟日暮，学诗谩有惊人句。"给出答案之前，李清照先感喟了一下自己的现状：人已接近暮年，通往理想的道路却很遥远，一生立志诗词，却空有惊人之句，于现实毫无用处。"路长""日暮"出自屈原的《离骚》："欲少留此灵琐兮，日忽忽其将暮。吾令羲和弭节兮，望崦嵫而勿迫。路漫漫其修远兮，吾将上下而求索。"（我想在宫门前稍作停留，不觉间太阳西沉天色已晚。我命令日神羲

和停车不前，不要那么快落下崦嵫山。前路漫漫又长又远，我将用尽全力去追求理想)

这首《渔家傲》的具体创作时间尚难断定，可以肯定的是，它创作于李清照追随宋高宗南渡后，而那时，李清照已四十七岁了。在古代，这个年纪已算老年，感叹"日暮"在情理之中。至于"路长"——从四十四岁遭逢国难，守护藏品陆路、水路千里辗转，到夫君离世、藏品流散，无子嗣的李清照独自活在世间——从美满到离乱，从贵家子到未亡人，短短几年的路，却实在是太长太长了。

"学诗谩有惊人句"，出自杜甫的名句"语不惊人死不休"——其实正是这句话，"叮"的一响，提醒我，李清照不只是一个闺秀，也不只是一个才女，而是一个无比骄傲，将自己与诗圣杜甫视为同侪，立志在文学乃至政治上都有所建树的人——虽然在那个时代，这两个领域其实都是女性的禁区。

宋神宗元丰七年（1084），李清照出生于齐州章丘（今山东济南章丘）。她的父亲李格非富有才学，藏书甚多。李清照在书香熏染中长大，很小时即展现了非凡的文学天分。

十九岁，她写出了著名的《如梦令·昨夜雨疏风骤》，此词一出，立刻轰动京城，"当时文士莫不击节称赏，未有能道之者"。

到了后来，创作理念更为成熟的李清照居然"狂妄"地想要为词坛订立标准，写出了惊世骇俗的《词论》，以非凡的才气和洞察力，对词这种文体的独特性做了概括，并以目无下尘的姿态，点评了若干名家。

在北宋历史上，是李清照第一次提出，词源自歌词，故与诗不同，"别是一家"，无论何时都需注重与音律的协调性，并应格调高雅，结构完整，注重用典，有铺叙，有故实（实事）。按照自己的标准，她逐一点评了那些声名远扬的词家：

柳永虽协音律，但"词语尘下"（低俗），张先、宋祁等人，虽时时有妙语，而"破碎何足名家"（结构不完整，不足以成为名家）！晏殊、欧阳修、苏轼才大如海，但所填之词，不过是"句读不葺之诗尔"（长短不齐、不加修饰的诗歌罢了）。这些人虽然填词，却并不懂词的本质。直到晏几道、贺铸、秦观、黄庭坚等人出现，才知道填词是怎么一回事。但是晏几道的词少铺叙，贺铸的词少典故，秦观

的词少故实，黄庭坚的词虽有故实却有语病……①

这个才华横溢、心高气傲的女子，不仅一头冲进了那片一直被男性统治着的禁区，还在里面横冲直撞，用高昂的尖角向尊尊大神挑衅——其实，你不懂词！好词，得照着我这个标准写！

因为这件事，从宋代至今，总有人（主要是男性）表示不满：

宋人胡仔说她："易安历评诸公歌词，皆摘其短，无一免者。此论未公，事不凭也。"

宋人赵彦卫说她："《词论》一书多有妄评诸公……"

当代学者李长之则说，李清照对其他词人的批判，表现出其个性的"狭小与尖刻""不能容纳别人，不能欣赏别人，不能同情别人""恰足以反映自己的空虚"。

够了够了。

我还是更同意当代词学家缪钺的看法：李易安"评骘诸家，持论甚高……此非好为大言，以自矜重，盖易安孤秀奇芬，卓有见地，故掎摭（指摘）利病，不假稍借，虽

① 参考李清照《词论》。

生诸人之后，不肯模拟任何一家"。

在填词这门艺术上，李清照天资太高，眼界太阔，能力太强。她提到的标准，她自己全都做到了。《漱玉集》几十首词，首首有珍珠明月之辉，读之令人耳目一新。与诸位先贤并列，她确实毫无愧色。这就是实力。她独特的词风在她在世时已被称为"易安体"，被人模仿致敬；若干年后，同乡"词中之龙"辛弃疾还曾特意在词作题目中标明"效易安体"向她致敬（如《丑奴儿近·博山道中效李易安体》）。她也以"婉约之宗"的地位，与辛弃疾并称为"济南二安"。

这是她的文学才能，即便在那个女性创作几乎完全被压制的年代，世人也有目共睹。但她的政治才能或抱负，只能隐而不发，最多化为几首诗、一篇赋，替她长叹。

元符元年（1098），名列"苏门四学士"之一的诗人张耒读到了唐代元结撰述、颜真卿书写的"大唐中兴颂碑帖"，感慨系之，作了一首《浯溪中兴颂诗》，主旨是赞颂"安史之乱"后，郭子仪等中兴名臣为国征战、重造太平的功绩。该诗一出，风靡京城，和者甚多。元符三年（1100），时年十七岁的李清照也一口气和诗两首。在和诗中，她毫无颂圣之意，反而直指安史之乱的根源是唐玄宗腐败、奸臣误国，其见解之深刻，笔力之雄健，远超年长她三十岁的男性，令世人刮目相看。

约在高宗南渡、赵明诚弃城后，李清照写了著名的《夏日绝句》。"生当作人杰，死亦为鬼雄。至今思项羽，不肯过江东。"她尖锐沉痛的笔锋，不只指向宋廷，似乎也指向了自己的夫君。

宋高宗绍兴三年（1133），礼部侍郎韩肖胄奉命出使金朝，李清照闻讯激动不已，作《上枢密韩公诗》二首，诗末一句"欲将血泪寄山河，去洒东山一抔土"，将她的赤诚爱国之心显露无遗。

绍兴四年（1134），李清照作《打马赋》《打马图经命辞》及序。这几篇文字看似游戏，却用大量典故和暗喻，来赞扬古之忠臣良将，暗讽以宋高宗为首的主和派无能，甚至在其中写了多种驭兵之策，显示出李清照有可能具备一定的军事修养——

然而，然而！

她始终是那个时代的女子。纸上谈兵的赵括，因为是男性，尚有以实战验证理论的机会；而她，只能眼睁睁看着自己无限热爱的故土，深情描摹的江山，在一帮男人手中继续残缺下去，永远残缺下去……

即便是她自己引以为傲，后世也闪耀千年的诗词文章之能，在当时也绝不是被鼓励的。南宋诗人陆游曾为一名孙氏夫人写过墓志铭。在这篇铭文里，他提到，孙夫人十几岁时，李清照曾有意收她为徒，而她却朗声拒绝道："才藻非女子事也。"之后，这位姑娘日夜诵读父亲为她写下的烈女事迹，嫁人后严守三从四德，活成了陆游笔下的贤德淑妇。

什么是"谩有"？这就是谩有。你有这个东西、这种才能，现实中也有需要用到的地方，但你没有机会用，用不上。从这个角度来看，辛弃疾认同李清照，实在是太正常了。

"九万里风鹏正举。风休住，蓬舟吹取三山去！"路长日暮，才华无用，不如归去。李清照想要乘着小船，趁着能吹起大鹏的长风，一路去到海外仙山，离开这个让人失望的世界。但即使失望，李清照也是豪迈的。鹏是庄周笔下的大鹏，它飞起时，翅膀如垂天之云，乘龙卷风而上，直达九万里高空。山是《史记·封禅书》里记载的蓬莱、方丈、瀛洲三座仙山。书中记载，这三座山中的宫阙全是黄金白银筑就，禽兽、器物则全都通体雪白。山中有诸多仙人和不死之药。三山在渤海之中，离人间并不远，可凡人的船只要接近，就会被风吹引着绕走。但或许，能吹起大鹏的飓风可以破除仙法，顺利地把我们失落而疲惫的词人送到这美好的仙境，远离人间。

## 我的心略大于整个宇宙：
### 张孝祥《念奴娇·过洞庭》

洞庭青草，近中秋、更无一点风色。玉鉴琼田三万顷，着我扁舟一叶。素月分辉，明河共影，表里俱澄澈。悠然心会，妙处难与君说。

应念岭表经年，孤光自照，肝胆皆冰雪。短发萧疏襟袖冷，稳泛沧溟空阔。尽吸西江，细斟北斗，万象为宾客。扣舷独啸，不知今夕何夕。

鲁迅说："当我沉默着的时候，我觉得充实；我将开口，同时觉得空虚。"张孝祥则可能会说："当我仕途顺利的时候，我内心只充塞着现实世界；当我失意，我的心将略大于整个宇宙。"

奇怪吗，一个人要失去许多，才能得到更多的自由？

南宋乾道二年（1166）六月下旬，张孝祥从静江府（今广西桂林）出发一路北上归家，进入湖南境内，便雇船走水路而行，四十日后到洞庭湖，已是仲秋时节。

八月十四，张孝祥抵达岳州（今湖南岳阳）湘口磊石山——湘口，是湘江流入青草湖的入口，也是湘江、资江、沅江、澧水四条河流的汇聚之地——当夜南风吹来，他又继续乘风北上，进入了洞庭湖东南部的青草湖之中。

青草湖中有一片名为金沙堆的沙洲，上有屈原祠。屈原是张孝祥的偶像，也是他的文学渊源之一，他曾多次在诗词之中使用楚辞的典故。遇见偶像祠堂，不能失之当面，于是，张孝祥屏去童仆，独自登上金沙堆，赏玩月色，祭拜屈原。

祭拜后，他回到舟中，激荡的心情在湖光月色中渐渐沉静下来，却也久久难以入睡。于是，一首震古烁今、千秋传颂的中秋词自此诞生。

"洞庭青草，近中秋、更无一点风色。"开篇点出了时间、地点和天气状况。我是初中时代在同学的钢笔字帖上第一次读到这首词的，既是字帖，就不可能有注释。于是很长时间，我都以为此处的"青草"，指的就是岸边、水中的青草。于是一边暗自奇怪，为何如此细微的草会与如此宏大的湖相提并论，一边又为想象中的景色惊艳——应该是岸边连天垂地都是青草，如秦观所说"山抹微云，天连衰草"，因一丝微风也无，在洁白的月光中便尤其显得郁郁葱葱。那月色也必然将它们染得失了青翠，犹如积雪般绵延于湖侧——后来才知道，"青草"是另一片湖的名字，它位于洞庭湖南部，因南岸有青草山而得名。也有说是因为湖中多青草，冬春之时湖水干涸，满目只剩青草而得名。青草湖的北部水体与洞庭湖相通，两湖二而一、一而二，所以洞庭湖又叫"重湖"。中秋时湖水满盈，能看见的青草恐怕并不那么多，但语言奇妙之处正在于此，即使知道了此处的青草是一片湖，我的意念中，还是有一片芳郁的青草在。

"近中秋、更无一点风色"——其实，差不多已是中秋节的正日子了。"更无一点风色"，"更无"二字里，隐隐透出惊叹之意。毕竟，洞庭湖号称"八百里洞庭"，可谓汪洋一片，浩瀚无边。孟浩然曾说它"气蒸云梦泽（洞庭湖古名云梦泽），波撼岳阳城"，洞庭湖的波浪可以撼动岳阳城；杜甫则说"吴楚东南坼，乾坤日夜浮"，整个世界都像浮在洞庭湖上日夜波动。如此广大浩瀚的水域，竟能毫无风浪，有人认为是不可能的，认为这更可能是张孝祥创造的心境、诗境。不过，刘禹锡也写过"湖光秋月两相和，潭面无风镜未磨"。无论是心境还是真境，都不影响我们（在想象中）一脚踏入，跟随诗人去看那天的月色。

"玉鉴琼田三万顷，着我扁舟一叶。"玉鉴，玉石做的镜子；琼田，美玉做的田地；三万顷，一百亩地为一顷，三万顷就是三百万亩地，约等于两千平方公里，用夸张的方式，极言水面之广大①。这句是古人写月色的套话，并不出奇，但给出了一个广大的、以洁白月光为底色的背景。

有了背景，人物就要出场了。"着我扁舟一叶"，第一个妙语出现了，自此，整首词妙语纷呈，满目琳琅。这个"着"字用得极妙，"着"是附着、挨上、接触。你仿佛能感受到，那条小船是如此轻盈，毫不费力地附着在光滑而宁静的湖面上，它顺着湖水的呼吸与节奏，与之融为一体。"一叶"与"三万顷"相比，也衬托出了舟的渺小，舟中人呢，就更渺小了。"扁舟"既是写实，也是一个含有固定寓意的语码——古人提到"扁舟"，往往是在说归隐。李白的"人生在世不称意，明朝散发弄扁舟"如是，苏轼的"小舟从此逝，江海寄余生"亦如是。载着张孝祥的这叶扁舟，也是要送罢官的他回家。

"素月分辉，明河共影，表里俱澄澈。"这是一个没有主语的句子，把主角认定为张孝祥当然是可以的，但我更

---

① 两千多年来，洞庭湖水域面积不断变化，但一直是我国著名的天然湿地之一。西汉时已号称"方八九百里"，唐宋时期更呈扩张之势。新中国成立后，洞庭湖水域逐渐缩小。20世纪90年代，水利部门测算的面积为2579.2平方公里。张孝祥所在的南宋时代，其实际面积当远超三万顷。

愿意把主角看作张孝祥当时当地所在的那个世界。苍穹之下，洞庭湖上，湖水分得了洁白的月光，投映着银河的星光，从天空到湖底，从空气到舟中的乘客，从外到内，全都被月光星光所洗濯、映照，变得通体透明，清澈纯净。物与物、人与物、人与这个世界之间的界限，几乎要消失了。

如果你有过类似的经验，就会知道，自我消失，与世界相融的时刻，你会感受到一种忘我的、纯净的幸福。从自身的局限中超脱出来，你的感受似乎随着世界无边地扩大了。月光是你，湖水是你，湖底青草是你，远处更远处的空气也是你……个人的得失悲欢是一粒从你身上脱落的皮屑，你能感受到它，但它早已不值一提。毕竟，与整个世界的神奇比起来，那又算得了什么呢？

"悠然心会，妙处难与君说。"是啊，这种境界，若你不曾踏入，甚至不曾想象，如何能够企及？又怎么可能说清？一切精髓，都不可言说。道可道，非常道。

上阕就在这种接近"忘我"的幸福状态中结束了。之所以说是"接近"，是因为虽然"澄澈"，毕竟还有"表"有"里"，可知张孝祥尚未彻底忘我。

而下阕一起笔，张孝祥就给了明证，告诉你，他心里原本还是有委屈，有怨愤。

"应念岭表经年，孤光自照，肝胆皆冰雪。"岭表，指的是岭外，也就是岭南地区，包括现在的广东、广西、海南等地。乾道元年（1165）七月，张孝祥以集英殿修撰知静江府，兼广南西路经略安抚使，主管静江政务和军事。十一个月后，言官王伯庠以"专事游宴"的罪名弹劾了他，致其罢官。所谓专事游宴，用现在的话说，就是不但不务正业，还"只顾着吃喝玩乐"。在宋代尤其是南宋，这个罪名有时候很管用，著名诗人陆游也曾因"燕饮颓放"被罢官。

张孝祥是否"专事游宴"呢？"宴"不好说，"游"确是常事。据考证，张孝祥七月到静江，八月就与好友游了雉山，之后几乎每月都登山临水，且作诗填词以记。这都是活生生的呈堂证供。但，仁者乐山，智者乐水，喜欢山水几乎是所有文人的通病，这就能成为被罢职的理由吗？

张孝祥心中必然是不服的。毕竟，他是被宋高宗目为"谪仙"，钦点为状元的青年才俊。与他同时代的另一位状元王十朋评价他："天上张公子，少年观国光"；大诗人杨万里则说他"当其得意，诗酒淋漓，醉墨纵横，思飘月外"。他的殿试对策、诗歌、书法，宋高宗极度赏识，权相秦桧亦不得不称之为"三绝"。秦桧原本内定自己的孙子秦埙做状元，宋高宗却厌恶秦埙的陈词滥调，径自将张孝祥钦点为状元，并当众夸赞他的应制诗"尤隽永"。

力压秦埙成为状元，是张孝祥一生荣耀的起点，也是他仕途多磨的根源。其后，他的父亲张祁被秦桧党羽罗织罪名投入狱中，他也被牵连。幸而不久后秦桧去世，张家才逃出生天。秦桧一死，宋高宗立刻拔擢张孝祥任秘书省正字。自绍兴二十四年（1154）至绍兴二十九年（1159），张孝祥官至中书舍人，为宋高宗执笔拟旨，可谓平步青云，官运亨通。

可惜，张孝祥与他的另一位偶像苏轼一样，是个"不合时宜"之人。南宋偏安一隅，自立国起，就有"主战""主和"两派之争，与唐宋两代的绝症——"党争"之祸纠缠在一起，成为所有官员都不得不面对的问题。张孝祥殿试时的主考官汤思退于他有师生之谊，之后也对他百般提携，却是个主和派。而张孝祥是个主战派，也经常出入主战派重臣张浚门下，于是时人说他"出入二人之门而两持其说，议者惜之"。这或许要怪张孝祥有一种清平的务实精神。他曾对宋孝宗说："靖康以来，惟和战两言，遗无穷祸，要先立自治之策以应之。"①（自靖康之难后，朝廷中只有战或和两种意见，产生了无穷的祸害，关键在于要先有自治的能力再去应对）他是想先要发展好南宋自己的国力，再去"战"的。可惜，他一生没有遇到这样的机会。

张孝祥从政前五年虽然一帆风顺，却被言官一纸弹劾而被罢官。赋闲两年后再任职，就进入了复官—被弹—罢官—赋闲—复官—被弹……的循环中，静江府任上被罢官，已经是第三次循环了。

此时，张孝祥已三十五岁。距离他人生的终点，只剩下三年时光——是的，天人之姿的张公子，三十八岁就离开了人间；距离他决意退隐，也只有一年多时光了——是的，被搓弄多年，他三十七岁就彻底心灰意冷，"江海寄余生"了。

多年宦海沉浮，张孝祥已经明白，照着他的，唯有"孤光"而已。这孤光，是天上这轮澄澈月，更是胸中那颗

①　出自《宋史·张孝祥传》。

赤诚心。是它们的光，照彻肝胆，支撑着他不改初心，每次复官都认认真真做事去，赢得了"历事中外，士师其道，吏畏其威，民怀其德，所至有声"①的史评；也是它们的光，让他今朝"短发萧疏襟袖冷"，也相信自己可以"稳泛沧溟空阔"——短暂地回忆往事后，张孝祥完全抛却了它们：

虽然只有一叶扁舟和单薄衣衫，我的前方却是空阔无边的沧溟——沧溟，意为大海，是说洞庭湖如大海般广阔。这句诗有另外一个版本："稳泛沧浪空阔。""沧溟"令人想起"北冥有鱼"，其境浩渺广大至极；"沧浪"则令人想起"沧浪之水清兮，可以濯我缨；沧浪之水浊兮，可以濯我足"，而当下正是以浊水濯足之时——去官还乡，我将稳稳地漂行于无边的自由中。

至此，张孝祥的心胸完全打开了，他与世界的界限也完全消失，他成了这个世界的主人："尽吸西江，细斟北斗，万象为宾客。"他是多么慷慨豪爽的主人啊，要吸尽西江之水做酒，以北斗为勺，来款待世间万象，与它们不醉

---

① 出自《宣城张氏信谱传》。

不休。他的心不算大，只是比宇宙略大了那么一点点而已。

这场饮宴效果如何呢——"于是饮酒乐甚，扣舷而歌之"，这是张孝祥的偶像苏轼《前赤壁赋》里的句子，被他化用为"扣舷独啸"，谙熟《赤壁赋》的读者才能会心一笑，读出字面下藏着的"饮酒乐甚"四字。一个高明又可爱的文字游戏。"不知今夕何夕"，则又化用了苏轼《念奴娇·中秋》里的句子："起舞徘徊风露下，今夕不知何夕。"从词牌到主题到句子，张孝祥都在追慕着苏轼。相传，他每次写诗作文，都要问别人："比苏东坡何如?"而这首《念奴娇·过洞庭》被王闿运称赞为"飘飘有凌云之气，觉东坡《水调》（即苏轼名篇《水调歌头·明月几时有》），犹有尘心"，终于真正地压过了东坡一头呀。

## 当英雄与梦想一起被迫老去：
### 辛弃疾《破阵子·为陈同甫作壮词以寄之》

醉里挑灯看剑，梦回吹角连营。八百里分麾下炙，五十弦翻塞外声，沙场秋点兵。

马作的卢飞快，弓如霹雳弦惊。了却君王天下事，赢得生前身后名。可怜白发生！

背熟这首词时，我还是少女。年少时光虽充满青涩与思虑，却免不了豪情万丈，以为未来有无限可能，整个世界就像一个巨大的礼盒，单等着我用钥匙打开，即刻进出无穷繁华。于是最爱的也是这首词的豪壮——

　　伴随着悲凉粗犷的塞外音乐，盔甲雪亮的战士们先是饱餐了一顿烤牛肉，紧接着在秋日的沙场上列队成阵，接受将军检阅。很快，战争开始。战马飞奔，如传说中的"的卢"一般神骏。弓弦拉响，发出霹雳一般的爆鸣——不用说，这场战争，一定是将军胜了。真是痛快！

　　就连开头那句"醉里挑灯看剑"，在少女脑补里，也不是随便看一柄剑那么简单。那是要雄姿英发的青年将军，在灯光下，从镶金嵌宝的剑匣里抽出一泓秋水，再趁醉舞成一团雪球，风雨不进的。这多好看！

至于词尾"可怜白发生"这五个字，太短了，太容易被忽略了。少年头难觅白发，自然也不懂白发的意味。有太多文字，年少时只是相遇，须等自己被岁月和阅历腌渍过、发酵过，才能撩开那层因熟稔而熟视无睹的面纱，真正看见它。

重读这首词，目光已经从热闹的句子移到了那些看似边角料的地方，比如，题目。

"为陈同甫作壮词以寄之"，陈同甫是谁？

陈同甫，姓陈，名亮，字同甫，婺州永康（今浙江永康）人，生于绍兴十三年（1143），比辛弃疾小三岁。与辛弃疾一样，在南宋，他是死硬的主战派，终生梦想就是北伐攻金，收复失地。宋孝宗乾道五年（1169），他曾以平民身份向朝廷献策《中兴五论》，不出意外地毫无回音。次年（1170）五月，时任建康府通判的辛弃疾被召入朝，面见宋孝宗奏对后，被留在临安做司农寺主簿。当年秋，陈亮到临安参加秋试，两人很可能于此时结识并一见如故。可惜，很快辛弃疾便离开京城，辗转多地做官，两人多年未见。直到辛弃疾遭言官弹劾而落职，于上饶（今江西上饶）带湖闲居时，陈亮才专程抽出时间，不远千里赶去探望，此时距两人初见已有十八年之久，辛弃疾已四十九岁，陈亮也已四十六岁了。两人相聚十日，无话不谈，分别之后又以书信互相酬答诗词，这首词很可能就写于此次会面后的四五年内。

陈亮其人，刚直豪爽，才气超迈，喜欢谈论军事，是辛弃疾难得的知己，可惜的是，他们空怀报国之志，却从未能在对金作战的战场上一试身手。辛弃疾好歹还在任职期间小试牛刀过，陈亮则终其一生都没有得到施展军事才能的机会。对这样的挚友，辛弃疾才会"作壮词以寄之"——寄的不仅是词，更是深契于心的志向与失落。

"醉里挑灯看剑"，看剑之人不再是我臆想中的少年将军，而是白发已生的中年男子。此"醉"也不再是臆想中"醉卧沙场君莫笑"之"醉"，而是壮志难酬"举杯消愁"之"醉"。即使醉了，他也难以忘怀心之所向，还要挑灯看剑，只怕还会摩挲再三，如摩挲自己最得力的战将。

看完剑后，他沉沉睡去，梦见战场与厮杀。在梦里，他与战士们一起吃肉、作战，以所向披靡的气势大败敌军——于辛弃疾而言，这本不是梦，而是现实。他原本就是一位胆大心细、治军严格、指挥自如的将军。

绍兴十年（1140），辛弃疾出生于山东历城（今山东济南历城）。当时，靖康之难已过去了十三年，历城也早已被金人占领，成为沦陷区。辛弃疾的祖父辛赞因家族人口众多难以迁徙，不得不留在金朝为官，内心却从未屈服，一直有抗击金朝、收复山河的志向。因儿子早逝，他便把志向寄托在了孙儿身上，模仿霍去病之名，为孙儿取名"弃疾"，寄望孙儿像霍去病一样，抗击外敌入侵、恢复中原。辛赞在金国各处做官都带着辛弃疾，闲了就带他去登山临水，看上去似乎是消遣，其实是在研究地形山势和风土人情，为日后反金做准备。辛弃疾两次去燕京参加考试，都选了不同的路线，也是这个目的。

一手习文，一手练武，辛弃疾逐渐长成了身形健壮、文武双全的青年。他期待的事也终于发生了。

金主完颜亮于绍兴三十一年（1161）九月撕毁与南宋的"绍兴和议"，打破两国维持了二十年的"和平"局面，兵分四路，开始对南宋发起全面进攻。

此前几年，金朝对其统治下的中原、塞外人民的横征暴敛已经激起了民愤，从正隆五年（1160）起，大大小小的起义就没停过。对辛弃疾最有意义的，则是他老家济南府农民耿京的起义。

正隆六年（1161）七月，耿京与李铁枪等六人一起在东山（今山东昌邑东）造反，很快一呼百应，成为中原义军中最具影响力的一支。时年二十二岁的辛弃疾也闻风而动，集结了两千多人起兵，之后带队投入耿京麾下，自己担任了义军的掌书记一职，执掌军中印信、机密文书，协同耿京处理军中事务——相当于会武术的诸葛亮，能带兵的张良。

耿京和辛弃疾的队伍发展得很快，金兵南犯时，除了自己继续对金作战，他们还曾增援海州（今连云港海州区）南宋军队，联手抗敌。

同年十一月，完颜亮率领的金军在采石（今属安徽马鞍山）遭遇了宋军的顽强抵抗。原本只是来犒军的军事参谋虞允文，率领一万五千宋兵，大败十五万金军，取得了著名的采石矶大捷。月底，失去信心的金军在扬州杀掉了完颜亮，金军进攻南宋的计划彻底失败。

早在十月初，完颜亮还在进犯途中时，留守于金国的完颜雍就于各方拥戴下自立为皇帝，改元大定，并下诏宣扬了完颜亮的多条罪状。完颜雍就是后来被称为"小尧舜"的金世宗。完颜亮被杀后，残局就由完颜雍来收拾。他一边与南宋进行小规模战争，一边再度开启和谈，想尽快结束战争局面。

对各地起义军来说，这绝不是个好消息。金军一旦回朝，必定会用优势力量镇压起义军。一看到这个态势，辛弃疾马上建议耿京率军归顺南宋，有南宋的支持，才有可能坚持下去。于是，正隆六年（1161）十二月，辛弃疾与另外十二人一起出发，至次年（1162）正月抵达建康（今南京），面见了宋高宗。宋高宗看到他们来归顺，十分高兴，当即任命耿京为天平军节度使，辛弃疾为右承务郎、天平军掌书记，对其他人也有封赏，并让他们回去向耿京传达旨意。

就在此时，起义军内部发生了剧变。被金国重赏所诱，耿京部下张安国叛变，杀死了耿京，起义军于是大部流散。张安国靠这个功劳和手下的五万部众，从金人手里得了个济州（今山东巨野）知州的官位。辛弃疾等人在归途中听说此事，怒发冲冠。辛弃疾当即决定，以自己为首，只带五十人，轻身快马去擒拿张安国。

众人赶到济州时，张安国正在军营中与部将喝酒。辛弃疾一马当先突入敌营，如苍鹰搏兔一般，立刻把张安国捆绑上马，之后旋风一样冲出敌阵。敌人反应过来开始追赶时，众人已去得远了。之后，辛弃疾等人押解着张安国，束马衔枚，日夜兼程，一直向南而去。最终在五十多天后，将叛贼张安国献到临安。不日，张安国被斩首示众。

以五十骑突入有五万重兵的军营，如探囊取物般绑缚叛徒南归，这是何等的大智大勇，何等的霹雳手段！辛弃疾的词有豪情，有壮志，不是因为他富辞藻，善构思，而是因为他彻彻底底就是一个十足十的英雄。

"天下英雄谁敌手？曹刘。"给辛弃疾一个机会，还南宋半壁江山，并不是不可能的事。

可惜！

二十三岁的辛弃疾不知道，此后的大半生，他终究没等到这个机会。

辛弃疾于正隆七年（1162）闰二月回到南宋。宋高宗任命他为江阴签判，他在南宋的仕途自此开始。

是年六月，在位已三十五年的宋高宗颇觉倦怠，禅位给太子赵昚，赵昚就是宋孝宗。时年三十五岁的赵昚也早已不堪金国凌辱，即位第二个月就为冤死的岳飞平反，并重用主战派大臣张浚，试图一雪前耻。

隆兴元年（1163）四月，在赵昚的主持下，张浚调集八万部队，号称"拥兵二十万"，分两路北伐金国。一开始，宋军士气高昂，打了不少胜仗，看上去胜利在望，随后便因指挥不当、主将不和，于符离（今安徽省宿州市东北）被金军大败。高调开场的隆兴北伐仓促收尾，以隆兴二年（1164）签订《隆兴和议》，归还收复失地、支付岁币（完颜亮攻打南宋后，南宋停止了对金支付岁币）而告终。

符离大败后，辛弃疾心急如焚。乾道元年（1165），他向宋孝宗呈上了自己苦心孤诣写就的《美芹十论》。在这篇洋洋洒洒长达一万七千余言的文章中，辛弃疾从政治、经济、军事、民心向背等方面阐述了自己对宋、金两国形势的深刻见解，清晰地指出了看似强大的金国存在的问题，系统地提出了南宋应采取的强国、备战措施。史学家们普遍认为，宋孝宗如果真的读懂了《美芹十论》且照此执行，几年内实现富国强兵，其后北伐统一，应该不是难事。

可惜，还是可惜。

史料不传，故此我们并不知道宋孝宗为何不曾采纳辛弃疾的建议。或许是因为辛弃疾才二十五岁，不够德高望重；或许是因为他是刚归顺两年的"归正人"，还不足以深信——南宋将从金国归顺而来的军民称为"归正人"，既拉拢又防范，"归正人"没有就任核心官职的；或许是因为宋孝宗刚打完败仗，"废池乔木，犹厌言兵"，短期内根本不想谈论此事；也或许，仅仅因为他人微言轻，作为江阴签判这样的八品小官纵论国家大事，不被弹劾"越职言事"已是幸运……总之，《美芹十论》石沉大海，终成废纸。辛弃疾晚年曾作词说："却将万字平戎策，换得东家种树书。"他的一腔热血、满怀智谋，终究是埋没了。

其后，辛弃疾辗转于各地做官，曾担任过湖北、湖南、江西等地的安抚使，也算是省级大员、封疆大吏了。但他离自己真正的梦想——收复失地——却越来越远，越来越远。时势不断变化，在位的二十七年间，宋孝宗于战和之间摇摆不定，时而重用主战派，时而重用主和派。可不管哪个派别得势，以"归正人"身份入仕的辛弃疾，始终未曾走进权力中心，未曾被放在他真正热爱且擅长的军事职位上。

一生之中，他离梦想最近的时刻，居然就是跟耿京一起战斗的时刻。剩下的，只有在睡梦中了。

也只有在梦里，他才可以"了却君王天下事，赢得生前身后名"。当然，辛弃疾是有私心的，他也没有讳言。自春秋时代起，中国士大夫就追求"立德、立功、立言"的"三不朽"。辛弃疾负绝世天资，文武双全，又处多难之世，本来是有"立不朽之功"的可能性的。他希望凭借这巨大功业享誉当代，继而名垂青史，这种私欲既是人类的本能，又超越了简单的本能，没什么难以理解的。

可惜，辛弃疾已在带湖闲居多年，鬓边白发已生。他的军事才能的体现，不过是曾剿灭茶商武装、创建湖南飞虎军而已，不足以展现他全部能力的十分之一。

写这首《破阵子》的辛弃疾还不知道，他以后将永远不再有机会实现梦想。即使晚年曾被起复"重用"，也不过是后来权臣手中的筹码，朝廷表面的吉祥物。历史沿着不可逆的方向一路滚下去、滚下去，那紧握剑柄的手渐渐枯槁，渐渐化为白骨，最后消失不见。这故事，在历史上再普通、再平常不过了。

## 一生饮冰，难凉热血：

陈亮《贺新郎·寄辛幼安，和见怀韵》

老去凭谁说？看几番、神奇臭腐，夏裘冬葛！父老长安今余几？后死无仇可雪。犹未燥、当时生发！二十五弦多少恨，算世间、那有平分月！胡妇弄，汉宫瑟。

树犹如此堪重别！只使君、从来与我，话头多合。行矣置之无足问，谁换妍皮痴骨？但莫使伯牙弦绝！九转丹砂牢拾取，管精金，只是寻常铁。龙共虎，应声裂。

很少见到像陈亮这么狂又这么倒霉的人。

陈亮狂，首先狂在名字上。

宋高宗绍兴十三年（1143），陈亮出生于婺州永康（今浙江永康），祖父母为他取名为"汝能"，希望他"有立于斯世，而谓其必能魁多士也"（能独立生存于世间，成为出类拔萃之人）。他自感没有辜负祖父母的期望，于二十五岁时改名为"亮"——此亮，是诸葛亮的"亮"。他倾慕诸葛亮，也自认才能和志向能与诸葛亮媲美，干脆改名致敬。

陈亮狂，还狂在自我认知上。

他曾在自己的画像下题词："其服甚野，其貌亦古。倚天而号，提剑而舞。惟禀性之至愚，故与人而多忤。叹朱紫之未服，谩丹青而描取。远观之一似陈亮，近视之一似同甫（陈亮的字）。未论似与不似，且说当今之世，孰是人中之龙，文中之虎！"① 看似在自嘲"秉性至愚""与人多忤（不和）"，最终却说自己是"人中之龙，文中之虎"，这是多狂的口气！向皇帝上疏，他敢说自己十八九岁就"慨然有经略四方之志"，从小就以治理天下为志向；给大儒朱熹写信，他也说自己有"推倒一世之智勇，开拓万古之心胸"，这又是多大的胆魄！

陈亮狂，更狂在行动上。

宋孝宗上任伊始，梦想一洗"靖康之耻"，当年便决定北伐，最后一败涂地，不得不与金国再次签署和议，除向金国进贡财物外，还要称对方为"叔"。经过战乱荼毒，南宋臣民也多数疲倦了，觉得能借此休养生息就不错。陈亮可不这么看，乾道三年（1167），他以乡试第一名的成绩进入太学，第二年，就以布衣身份，向宋孝宗连上五道奏疏，大谈治国、中兴、北伐之道。但当时北伐失败不久，朝廷内外危机重重，宋孝宗正在焦头烂额之际，陈亮压根没得到回应，于是退出太学，回乡教学讲书去了。

---

① 出自陈亮《龙川自赞》。

按制度，只要退出太学，就不能再上书议论国事。也就是说，陈亮实际上已经不能再上疏了。你以为他会就此一言不发吗？

才不。

十年后的淳熙五年（1178），他改名陈同，一口气又向宋孝宗上疏三次，再次以纵横捭阖、慷慨激昂之文笔，大谈变革、统一之道。这次，宋孝宗大受感动，想破格提拔他。但是，宋孝宗的宠臣曾觌想要提前笼络陈亮，陈亮听说后却"逾垣而逃"（跳墙逃走了）。曾觌又派使臣去笼络他，也被陈亮拒绝。之后，宋孝宗想授予陈亮官位，他发现宋孝宗不过以此作为"礼贤下士"的幌子，就说："我是要开创大宋数百年的基业，哪是为了当官呢？"又渡江回家去了。这次上疏又不了了之。

两次上疏都没结果，陈亮总该放弃了吧？不，又一个十年后的淳熙十五年（1188），他亲自去建康（今南京）、京口（今镇江）观察地形，思考它们的军事意义后，又一次，第三次上疏给孝宗，建议他"由太子监军，驻节建康，以示天下锐意恢复"。可惜，上一年（1187）十月，太上皇宋高宗去世了，淳熙十五年一整年，宋孝宗都在布局禅位给太子，自己去做太上皇的事，根本无心考虑什么北伐、统一。这次的奏疏不仅没递到宋孝宗手里，还因为直指时弊得罪了一些当政官员，给陈亮埋下了祸根。

历史告诉我们，庸众从来不会偏爱狂傲之士，更不要说厚待他们了。他们注定了在当时活成笑话，而在后世（小概率）收获赞美与名声。

陈亮也未能例外。他的倒霉，是贯穿一生的。

虽曾多次向皇帝上疏，陈亮的仕途之路却毫无亮点。二十四岁以乡试第一名的成绩成为太学生后，他曾多次参加进士考试，却始终未能通过。直到绍熙四年（1193），年已五十一岁的他才被宋光宗赏识，高中状元。可惜，垮了的身体等不及他一展壮志了。仅一年后，他便怀着满腔热血撒手人寰。

单单是应试难第、上疏无果也就罢了，倒霉的陈亮还曾三次入狱，每次都莫名其妙且惊险万分。

第一次入狱，发生在淳熙五年（1178）他第二次上疏后。因为在奏疏中大肆批评朝臣，众多官员对他"不以为狂，则以为妄"，都觉得他是个狂妄之徒。而陈亮回家后，又天天跟一些朋友喝酒吹牛。某天，他跟朋友一起携乐伎饮酒，喝到酒酣耳热之际，其中一个朋友就封乐伎为妃，封陈亮为左相，封另一人为右相，命"左右相"参拜自己，乐伎唱曲恭贺。这不过是一场小闹剧，没想到，被封为"右相"的那位"朋友"别有居心，把陈亮举报到了国子监祭酒何澹那里。何澹曾做过陈亮的主考官，因为没录用陈亮，陈亮多次辱骂他。这次总算是有理由给陈亮点颜色看看了，何澹即刻将陈亮投入大牢，打得体无完肤，并将该案上报宋孝宗，建议判处陈亮死刑。这件事如果放到明清两朝，陈家被满门抄斩都算是轻的，非得诛灭九族不可。幸亏宋代对文人还算宽容，宋孝宗更算得上是一位明君，他说这不过是醉汉的玩闹，最终将陈亮无罪释放。

第二次入狱在淳熙十一年（1184），陈亮去参加乡宴。席间，出于敬重，主人给陈亮的菜肴里放了胡椒粉。没想到，同席的一个食客回到家后突然暴亡。死者家属怀疑是陈亮下毒，陈亮再一次锒铛入狱。好在陈亮骨头硬，不管如何受刑，就是不认罪；再加上宰相王淮、好友辛弃疾等人的多方营救，陈亮才脱罪而出。

第三次入狱则发生在陈亮第三次上疏后的次年，淳熙十六年（1189）。陈亮的家童吕兴、何念四差点把乡人吕天济殴打致死，而吕天济与陈亮的父亲有仇，便报官说，陈亮是幕后主谋。不消说，他立刻又被抓起来严刑拷打。这次，是大理寺少卿郑汝谐查清他实属无辜，又爱惜他的才华，说："陈亮，天下奇才也。国家若无罪而杀士，上干天和，下伤国脉矣。"他向新帝宋光宗求情，赦免了陈亮。

这三次入狱经历，看似荒诞，但都发生在陈亮向皇帝上疏后不久。故此，陈亮说这都是他的政敌故意构陷，也是有道理的。

一个人的命运，是自身性格、才能、志向与社会环境互动的结果。《红楼梦》中，贾宝玉因为与倡优交往被贾政一顿暴打。林黛玉去看他，罕见地劝道："你从此可都改了罢！"宝玉却回她："你放心！别说这样话。就便为这些人死了，也是情愿的！"可见江山易改，本性难移。即使受到极大的打击，一个人也很难改变本性，因为本性正是"自我"的核心，是"我之为我"的根基。

陈亮的本性，更是不动如群山，坚固如磐石。

明知遭遇横祸的原因是一心想要抗金复国，他却终生不改其志。第三次狱事后五年，他终于被宋光宗钦点为状元。在给皇帝的和诗中，他依然不忘写道："复仇自是平生志，勿谓儒臣鬓发苍。"即使一直被构陷，一直在坐冷板凳，即使残酷的世事一直如冰冷的水一样浇在他身上，陈亮的满腔热血始终未冷。他始终是好友辛弃疾词里说的那样，"（我最怜君中宵舞，道男儿）到死心如铁"，且一直想要"看试手，补天裂"。

与辛弃疾相见并"中宵舞"，是淳熙十五年（1188）冬天的事了。

陈亮的第三次上疏石沉大海，他满腔的热血、一肚子的谋划却翻滚不息。他实在忍不住了，需要找志同道合的朋友痛痛快快地聊一聊，好好规划规划。而环顾四周，从见识、胸襟、才能，到志向、性情、交情，他觉得，最适合的朋友就是辛弃疾和朱熹。

于是，陈亮分别给两人写信，约定在辛弃疾处相见。辛弃疾当时正生病，陈亮就把见面地选在了辛弃疾住处附近的紫溪。此处距朱熹所在的崇安（今福建省武夷山市崇安街道）只有一百多里地，距陈亮住处永康却有六七百里之遥。约好后，陈亮提前出发了，他想在朱熹到达之前，先与辛弃疾多聚几天。

经过长途跋涉，在约定日期前十天，陈亮抵达了辛弃疾的瓢泉新居。原本身体不适正在养病的辛弃疾，因为好友到来，精神一振，病竟一下子好了大半。十天之中，两人海阔天空，纵情歌哭，将内心郁结的壮志、豪情、蓝图，如瀑布倾泻一般谈了个痛快。夜深之时，谈到酣畅处，陈亮甚至忍不住起身而舞，对辛弃疾表达自己的抗金之心如铁一般至死不改，相信以自己和辛弃疾的能力，一旦得到机会试手，必能"补天裂"。

经过十天肝胆相照的畅聊后，两人相伴抵达紫溪，朱熹却爽约了。意识到朱熹不会来了，陈亮决定立刻冒着风雪回家。辛弃疾挽留不住，只好独自回到瓢泉。他回去后越想越舍不得，第二天便试图追回陈亮，结果走到鹭鸶林时，雪深泥滑，无法前进，辛弃疾只得去附近的村子里喝酒，越喝，越遗憾于未能成功留下陈亮。当晚，他在投宿之处辗转难眠，又听到了一阵悲伤的笛声，忍不住起身填了一阕《贺新郎》：

把酒长亭说。看渊明、风流酷似，卧龙诸葛。何处飞来林间鹊，蹙踏松梢微雪。要破帽多添华发。剩水残山无态度，被疏梅料理成风月。两三雁，也萧瑟。

　　佳人重约还轻别。怅清江、天寒不渡，水深冰合。路断车轮生四角，此地行人销骨。问谁使、君来愁绝？铸就而今相思错，料当初、费尽人间铁。长夜笛，莫吹裂。

　　上阕中，辛弃疾把陈亮比作陶渊明、诸葛亮一般的人物，描写了分别之时风雪梅花的萧瑟场景，以暗示自己内心的不舍。下阕则直接写了自己追赶、思念陈亮的情景——"铸就而今相思错，料当初、费尽人间铁"。他对陈亮的思念，真是硬汉子之间的思念，沉甸甸，铮铮有声啊！

　　真正的知己必然是默契的。五天后，辛弃疾收到了陈亮的信，信里向他索要新词——仿佛他知道辛弃疾已经写好了一样。而读了这首《贺新郎》后，陈亮心潮澎湃，照着原韵和了这阕《贺新郎》。

　　陈亮说："能跟谁说呢？我已经老了。"看多了这世间的反复无常，颠倒错乱。"神奇臭腐"出自《庄子·知北游》："是其所美者为神奇，其所恶者为臭腐。臭腐复化为神奇，神奇复化为臭腐。"意思是，同一事物的是非美丑，会随着人的好恶而发生变化。"夏裘冬葛"出自《淮南子·精神训》，原来是说夏天的裘衣（以动物皮毛制成，较暖和)、冬天的葛衣（以葛布制成，较凉爽），固然都很好，对人却没有用处。此处陈亮的意思则是世事如夏日穿裘、冬日穿葛，颠倒错乱。

"父老长安今余几？后死无仇可雪。犹未燥、当时生发！""长安"代指沦陷于金人之手的中原。自建炎元年（1127）南渡至两人唱和之时，南宋已立国六十一年了。经历过靖康之耻的沦陷区人民，差不多都已经去世了。现在还活着的，都是当时胎发未干的婴儿，对那场耻辱和故国的印象，都不会很深。至于新生的孩子，从小就在金国的统治下长大，已习惯了南北分裂的局面，现任金主又是有"小尧舜"之称的金世宗完颜雍，他勤政爱民，轻徭薄赋，百姓们得以安居乐业，过上了稳定且有保障的生活。照此下去，久而久之，民众就会忘记丧国之仇，成为金国的子民。这是陈亮最担心的问题。

"二十五弦多少恨，算世间、那有平分月！胡妇弄，汉宫瑟。"《史记·封禅书》记载："太帝使素女鼓五十弦瑟，悲，帝禁不止，故破其瑟为二十五弦。"瑟这种乐器原本有五十弦，但奏出的音乐过于悲伤，故太帝将其一分两半，变成了二十五弦。陈亮用这个典故，比喻宋朝国土被金人平分。"世间那有平分月"——世界上哪里有被平分的月亮呢？现在，一半国土落入了金国手中，胡人的妇女也可以抚弄汉人的乐器了——靖康时，金人除了把徽宗、钦宗及皇族、宫人全都掠走外，还带走了宫廷内的大量图书和器物，其中包括大量乐器。这就是胡妇弄汉瑟的现实基础。

这是上阕。哪怕是在回应好友的思念时，陈亮也依旧忍不住要起笔就写自己的伤痛——其实，那也是辛弃疾的伤痛，是南宋所有爱国者共同的伤痛。靖康之耻，是一处从南宋立国起，就展露在外、始终不曾痊愈的巨大伤口。而这伤痛，正是他与辛弃疾成为挚友的根本原因。

"树犹如此堪重别！只使君、从来与我，话头多合。"下阕第一句，陈亮正面呼应了辛弃疾的思念。东晋权臣桓温北征时，看到当年移栽的柳树已大十围，叹息道："木犹如此，人何以堪！"岁月无情，催人衰老，人生又能有几次离别呢？只有使君（汉代称呼州郡长官为使君，辛弃疾曾多次担任省级长官，称其为使君也是名实相符的）你，跟我有最多的共同语言，我们是真正的知己。

"行矣置之无足问，谁换妍皮痴骨？但莫使伯牙弦绝！"我已经走了，你不用再惦记我了。这句话，像是陈亮一边大步流星地赶着路，一边向辛弃疾摆手：回去吧，人生终有一别。别后无须惦念。"妍皮痴骨"，用的是《晋书·慕容超载记》的典故。南燕末代皇帝慕容超身高八尺，腰带九围，相貌不凡，风度高雅。他年少时流落于长安，为避免被后秦姚氏抓捕，就装疯行乞来掩盖身份。即使如此，大将军姚绍还是觉得他气度不凡，就把他举荐给文桓皇帝姚兴。见到姚兴时，慕容超更加注意掩藏自己的才识风度。姚兴果然被他蒙骗，对姚绍说："俗话说'妍皮不裹痴骨'（外表好看的人肯定不会傻），看来是句瞎话。"陈亮借此典故表明，表明即便在世人眼中，他和辛弃疾是"妍皮裹痴骨"，他们也绝不会改变。既然两心如一，接下来顺理成章引用俞伯牙与钟子期的典故，来表明彼此是对方的知音，既要保持联系，也要坚持志向，绝不使友情断绝。

"九转丹砂牢拾取，管精金，只是寻常铁。龙共虎，应声裂。"道教传说，丹砂要经九次回转炼制，才能现出金银之色，成为最珍贵的金丹；而普通的铁经过冶炼也能成为精金；待龙虎丹成，炼丹炉就会自动迸裂——一生饮冰、热血不冷的陈亮还在鼓励已经闲居多年的辛弃疾：坚持啊坚持，在坚持中接受熬炼，在坚持中等待时机，总有一天，我们的理想会成为闪耀的现实！

　　这次会面，这阕和词，确实激励了略有疲态的辛弃疾。之后，两人又反复唱和《贺新郎》，累计创作了五首之多，以冲天的豪情、盖世的才气，为世人留下了一笔丰厚而宝贵的文化遗产，也让我们得以透过这些词，一窥那个繁华又纷乱的时代，一窥那些惊艳了历史却又满怀着遗憾的人。

# 风骨

或许你也发现了，那些被人类奉为美德的词，都是附带代价的。

不，应该说，每一件事，都有其代价。而是否付出代价，决定了你会成为怎样的人。

本章这些关于风骨的故事，其实也是关于代价的故事。

风骨的风，是风神的风。风骨的骨，是傲骨的骨。

有才华者，易有风神；有信念者，必有傲骨。于是，那些有才华又有信念的人，不得不长出风骨。而人一旦有了风骨，就像水结成了冰凌，石刻成了莲花，有了固定的形状，环境就有了"适合"与"不适合"之分。

适合时，冰凌可做冰灯，莲花可做宝座；不适合时，冰凌碎成冰碴，莲花化为齑粉。

时间永是流逝，时代总在变幻。不适合冰凌、石莲的时代，常常比适合的多。

于是，那长出了风骨的人，总是生不逢时，总是冯唐易老，常常在主流之外，常常失落忧愤，偶尔春风得意，最终在长年熬炼中，忽然悟透关节，获得通透的智慧与解脱。

这里，为大家送上三个与风骨有关的故事。词人们付出的代价，让"风骨"这个词如此立体而熠熠生辉。

## 用一生倔强，去完成名字的预言：

黄庭坚《虞美人·宜州见梅作》

天涯也有江南信，梅破知春近。夜阑风细得香迟，不道晓来开遍向南枝。

玉台弄粉花应妒，飘到眉心住。平生个里愿杯深，去国十年老尽少年心。

宋仁宗庆历五年（1045）六月，洪州分宁（今江西九江修水）双井村的进士黄庶迎来了自己的第二个儿子。他为儿子取乳名为绳权。一年后的抓周活动上，小绳权排开一众美食玩具、金银布帛，径直抓住了一锭墨。黄庶大喜，作诗纪念此事，认为小绳权的选择"不失诗书作世家"——据家谱可考，分宁黄氏诗书传家已历十余代，黄庶的父亲黄湜兄弟共十三人，就有十人进士及第，时称"十龙"。黄庶也在二儿子出生前三年中了进士。

　　孩子一天天长大，该取大名了。黄庶历来仰慕"忠臣义士"，歆羡他们的"奇功大节"，"常恨身不出其时，不得与古人上下其事"。既然没能赶上跟他们做同僚，干脆就自己培养几个"忠臣义士"吧。对自己的儿子，他可是寄予了厚望。

孔子云，"必也正名乎"。毕竟，名正则言顺，言顺则事成。黄庶觉得，培养孩子，得从给他们取一个好名字开始。上古时代的帝喾有八个贤臣：伯奋、仲堪、叔献、季仲、伯虎、仲熊、叔豹、季狸，史称"八元"；颛顼帝也有八个贤臣：苍舒、隤敱、梼戭、大临、尨降、庭坚、仲容、叔达，史称"八恺"。黄庶先从"八恺"里拿出"大临"二字，给自己的大儿子做名字用；又给二儿子绳权正式取名为"庭坚"。后来他又生了四个儿子，干脆一路用下去：叔献、叔达、苍舒、仲熊，都成了自家孩子的名字。还别说，这几个孩子长大成人后都德才兼备，颇有名气。当然，其中名气最大的，还是黄庭坚。

起了名字还不够，黄庶又给黄庭坚取字为"鲁直"。"庭坚"是上古圣贤皋陶的字。相传，皋陶长期掌管刑法，以正直闻名天下，被后世尊为"中国司法之祖"。鲁直则是宋真宗时代的大臣，因为他总是直言上谏，被宋真宗厌恶。他便请求宋真宗罢免自己。宋真宗因此很受感动，在大殿墙上手书"鲁直"二字来纪念他。

这么一看，黄庶对二儿子的期望，除了正直还是正直啊。

而黄庭坚真的用一生的时间，实现了父亲的期望，完成了名字里的预言。

黄庭坚自小聪颖异常，过目成诵。他的舅舅李常博学多才，家有藏书万卷，人称"李万卷"。李常到黄庭坚家去，随手抽出书架上的书考问他，他都能对答如流。见多识广的李常也觉得惊奇，称赞他为"千里之才"。

宋仁宗皇祐三年（1051），才七岁的黄庭坚作了一首《牧童》诗："骑牛远远过前村，短笛横吹隔陇闻。多少长安名利客，机关用尽不如君。"① 后人常说他小小年纪便有看透官场的智慧，究竟是否如此，很难断言。但他肯定是背熟了许多诗词，虽说"熟读唐诗三百首，不会作诗也会吟"，七岁的孩子能作此语，毕竟还是令人惊叹。

更令人惊叹的还在后头。传说到了第二年，有亲友要赴京赶考，黄庭坚作诗一首送给人家："万里云程着祖鞭，送君归去玉阶前。若问旧时黄庭坚，谪在人间今八年。"啧啧，才八岁的小家伙，居然自认是谪仙了！这可是把自己

---

① 黄庭坚、东篱子. 黄庭坚集全鉴［M］. 北京：中国纺织出版社，2020。

跟李白相提并论了！这股子豪气，真是初生牛犊无所畏惧啊！

话又说回来，黄庭坚说自己是谪仙，也不为过，毕竟他的才气也足以当之。诗歌上，他是宋代影响力最大的"江西诗派"开创者；书法上，他独成一派，与苏轼、米芾、蔡襄并称为"宋四家"。他的传世之作大字行楷《砥柱铭》，于 2010 年保利春季拍卖会上拍出了 4.368 亿元的天价。就连长相上，他也是个一等一的帅哥。因为崇拜王维，他曾经写信给素未谋面的著名画家李伯时，让他给自己画一幅王维像，结果李伯时画的王维居然就像黄庭坚本人，只是胡须多一些。王维可是中国历史上著名的美男子，人称"妙年洁白，风姿都美"（青春年少，洁净白皙，风度、姿态十分美好）。甚至，黄庭坚已经六十岁，衣食不周地生活在贬地宜州（今广西河池市宜州区）时，一位名叫范寥（字信中）的侠士不远千里去跟从他，见到他的第一眼，依旧忍不住赞叹，"望之真谪仙人也"。

谪仙黄庭坚二十三岁时，考中了进士，任职汝州叶县县尉（今河南平顶山叶县），自此走上凡间仕途。五年县尉，他做得兢兢业业，颇得民望。五年后他考取学官，在北都（大名府，今河北大名县）做了八年国子监教授。之后，又任职泰和县（今江西吉安泰和县）知县，明明勤政爱民，深受百姓爱戴，却在三年后被降职为德州德平镇（今山东德州临邑县辖镇）镇监，管理集市、监督税收与治安。也正是在这里，他遭遇了自己的一生之敌：时任德州通判的赵挺之。

这个赵挺之，就是词人李清照的公爹，赵明诚的父亲。

赵挺之其人，历史评价不一。多数人说他是个政治立场不断变换，靠阿附重臣和皇帝来求取地位的人，偶尔也有学者称他是个忠于改革的政治家。黄庭坚与他相遇时，他正在德州推行王安石新政之一的"市易法"，想以政府行为来管理市场。黄庭坚却认为，德平地小民穷，集市太小，"若行市易，必至星散"。两人书信往来，反复辩论，最终市易法不了了之。

聪明人往往佻达刻薄，用一些"精致的淘气"去调笑、讥刺自己看不惯的人或事。被调笑者若是豁达，还能付之一笑；如心胸稍狭窄些，难免结下仇怨，种下未来不善之因。

聪明至"谪仙"境界的黄庭坚也难免沾染这个毛病。

　　他可能在书信中讽刺笑话了赵挺之，致使两人的公文"被士人传笑"。他又将此事告知了自己的老师兼好友苏轼。不久后力行新法的宋神宗去世，年仅十岁的宋哲宗即位，守旧派代表高太皇太后临朝听政，将原先被罢黜的守旧派如司马光、苏轼等人都召回朝廷，委以重任。

　　这时赵挺之被人推荐应试馆职（主管国家级藏书、修史等事务的官职。选任较严，文官入任馆职，是升迁中央要职的捷径，其他官员亦以带职为荣），苏轼就对大家说："挺之聚敛小人，学行无取，岂堪此选？"① 其后，赵挺之还是顺利就任了，但他与苏轼、黄庭坚的梁子也算是结下了。

　　随着守旧派高太皇太后临政，黄庭坚难得地度过了一段好日子，不仅工作顺利，还可以在京都开封与亦师亦友的苏东坡经常会面，诗酒唱和。

　　与赵挺之一样，黄庭坚也就任了馆职。他先是被司马光推荐校订《资治通鉴》，之后又参与了《神宗实录》的编修工作——而这个工作，先是带给了他荣耀，又成为他后半生被贬抑的原因之一。

　　———————————

　　① 事见苏轼《乞郡札子》。

《神宗实录》编写完成后，黄庭坚被提拔为起居舍人。起居舍人是从六品，官阶似乎不高，却十分重要，与同为六品官的起居郎一起，共同负责记录皇帝的言行，撰写起居注；皇帝御正殿时，则与起居郎分别侍立两侧；皇帝外出时，也要跟随左右。除此之外，礼乐法度的因革损益，文武百官的任免赏罚，群臣进对，临幸引见，朝政的大小事，起居舍人几乎都可以参与。

这可以说是黄庭坚官宦生涯的高光时刻——余生中他虽还有两三次被任命为五品知州的经历，却要么未能履职即遭贬斥，要么只任职几天就被罢免——何况，知州都是外官，与直接接近皇帝的起居舍人难以相提并论。

可惜，刚做了三个月起居舍人，黄庭坚的母亲就去世了，他立刻请辞守孝，秋天时，启程护送母亲的灵柩回分宁老家，直至次年正月才抵达，开始了三年丁忧生活。

如果你听说过《二十四孝》，或许会注意到，我们的谪仙黄庭坚居然也名列其中。关于他的那则故事，一般被命名为《涤亲溺器》。说的是他每晚都会亲自为母亲洗涤便器，而不会假手于婢妾。母亲病了一年，他就精心照顾了一年。母亲死后，他又在墓旁造了一间屋子日夜守孝，哀伤成疾，几乎丧命。

黄庭坚确然是个孝子。他的孝行，不只是在侍奉父母这一点上。我觉得，他以倔强的姿态，坚守自心，不论沉浮，绝不更改，这种由表及里的"正直"，才是真正的"孝"——他是真的将父母对自己的期许，内化成了自身的品格底色，又用一生的时间去实践了它。

之前的仕途已初显黄庭坚倔强的本性，而除孝后的十年生涯，则像横流之沧海，完全展现了黄庭坚的本色。

党争之祸或许会是贯穿所有时代的政治痼疾，有宋一代则尤为猛烈。旧党得势，新党便被贬抑、流放，新党重新上台，旧党又焉能逃脱？

除孝后次年，黄庭坚被任命为宣州知州，不久又改为鄂州知州。还在赴任途中，他就收到了去开封听候国史院对证查问的消息。

原来，黄庭坚守孝的最后一年，高太皇太后去世，十七岁的宋哲宗终于开始亲政，他被压制的个人意志终于得以伸张。

就在黄庭坚正式回归官场那年，宋哲宗将年号改为"绍圣"，意为"绍述圣人（父亲宋神宗的行为意志）"，开始追随父亲宋神宗改革的脚步。他追谥死去的王安石为"文"，允许其配享神宗庙廷，召回之前被贬斥在外的新党要员章惇，用其为相，全面恢复之前被高太皇太后废除的各项新政措施。同时，为了贯彻改革意志，他们以《神宗实录》多有诬陷不实之词为由，决定按照王安石的日记重新修订实录。

是时候收拾苏轼、黄庭坚等旧党了。

绍圣元年（1094），苏轼被贬，流放到广东惠州安置。黄庭坚等编修《神宗实录》的史官则被召回，向朝廷解释、对证"实录"中的不实之言。

因为曾在实录中写过"用铁龙爪治河，有同儿戏"的话①，黄庭坚第一个被盘问。他回答说："庭坚当时在北都（即大名府）做官，曾亲眼看到这件事，当时的确如同儿戏。"

所谓铁龙爪治河，最早是候补官员李公义提议的。办法是，用几斤铁铸成龙爪绑在船尾，沉入河中，让船快速来回行驶，用龙爪来回疏浚河底淤泥，达到疏通河道的目的。

---

① 《宋史·黄庭坚传》。

宦官黄怀信听说后，与李公义一起将其改进成了"浚川耙"。在八尺巨木上安装二尺木齿，用巨石压着沉入水底，系上大绳连在大船的绞车上，随着船行在河底来回搅荡，以疏浚河流。

在当时，所有治水行家都认为铁龙爪、"浚川耙"就是个儿戏：深水处，浚川耙沉不到水底，抓不住河底；浅水处虽能抓住河底，但很容易遇到石头，就无法前进，而且在水下，浚川耙还很容易翻转，完全无法使用。但是，缺乏治水经验的王安石不信邪，成立了疏浚黄河司，开始实行这个办法，最终除了靡费大量人力物力外，毫无收获。[1]

黄庭坚说的，确是事实。但事实在时势面前，一文不值。

不久后，黄庭坚被贬为涪州（今重庆涪陵一带）别驾，黔州（今重庆彭水）安置（名义上是涪州的别驾，其实只能在距涪州四五百里的黔州生活，不能到涪州就职），自此开始了他人生最后十年的颠沛流离。

绍圣元年（1094）十二月底，黄庭坚在哥哥黄大临的

---

[1]　见《宋史·河渠志（二）》。

陪同下，从开封陈留（今开封市陈留镇）出尉氏（今开封市尉氏县）、经许昌（今河南省许昌市），一路向西南进发，翻越了重重山水，攀爬过"猿猱欲度愁攀援"的蜀道，终于于绍圣二年（1095）四月二十三日到达黔州城南的开元寺，随后"在附近乞得两块地皮搭建房子，取名摩围阁"，在此居住下来。

一开始，黄庭坚的谪居生活还比较愁闷。本地官员对他多有避忌，他自身也有所忧惧。但住得久了，慢慢也就安定下来。本地官员渐渐开始与他交往，慕名来向他拜访、求学的人也越来越多。黄庭坚后来干脆开办了"摩围私塾"，在教育儿子、侄子的同时，也教了一大批黔州本地学子。他办的这个私塾，是彭水最早的私塾，他本人则有可能是彭水历史上最好的老师。直到明代，彭水本地名士周洪谟还在《重修涪翁祠记》中称赞他："州以涪翁（黄庭坚的自称之一）重诗书，礼乐之泽渐渍至今。"

可惜刚刚舒服了一点，因为表兄张向被任命为夔州路提举常平，黄庭坚不得不"避亲嫌"，被迫到千里之外的戎州（今四川宜宾）安置。他又花了两三个月时间走到戎州去，重复了一遍在黔州的生活。

三年后，一贯多病的宋哲宗突然去世。被章惇认为"轻佻，不可君天下"的端王赵佶，在向太后等人的帮扶之下，登上了皇位。之后的一年左右，因守旧派向太后实际上掌握着大权，守旧派官员有一个短暂的回春。在这个短暂的回春中，黄庭坚离开了巴蜀，并接到过三四次任命，已无意仕途的他均推辞不就，最后乞求做一个地方官，朝廷就任命他做太平州知州。结果，黄庭坚只上任了九天又被罢免，给了一个管理玉龙观的闲差。黄庭坚就在鄂州（今湖北鄂州市）闲居下来。

当我们为久受劳苦的诗人稍稍喘一口气时，更大的风波又在酝酿之中了。而触发风波的因由，依旧是黄庭坚一以贯之的正直与倔强。

当年奔赴黔州之时，黄庭坚曾借住于江陵（今湖北荆州）承天寺。那时，僧人智珠正在筹建佛塔，希望塔成之后，黄庭坚能为他写一篇纪念文章。黄庭坚答应了他。

六年后的建中靖国元年（1101）四月，回乡的黄庭坚又到了荆州。智珠的佛塔早已建好，黄庭坚便写了一篇《荆南府承天院塔记》来兑现承诺。在场的湖北转运判官陈举看到文末署名是"作记者黄某，立记者马瑊（时任荆州知州)",也想加上自己的名字,求个随文不朽,黄庭坚就是不愿意给他这个顺水人情。陈举心下愤恨,想起坊间多年传闻赵挺之与黄庭坚不和,而赵挺之已入朝为官,成为一颗正在冉冉升起的政治明星。陈举立刻决定,要做一个政治投机:弹劾黄庭坚,说他的《承天院塔记》"幸灾谤国"(幸灾乐祸,诽谤朝廷)。

崇宁二年(1103),庇护守旧派的向太后已去世两年,宋徽宗也已亲政两年了。亲政后,为了解决财政、行政积弊,他不得不"绍述新法",重用新党,打击旧党。但这不是他的最终目的,他真正的目的是皇权独大。聪明的赵挺之很快发现了这一点,迅速站到了皇帝身边,成为皇帝最宠信的大臣之一。陈举的弹劾一到,黄庭坚很快就被"除名"(开除出官员队伍),被送到宜州(今广西河池市宜州区)管制。

消息一出,黄庭坚的亲友纷纷为已经五十九岁的他担忧,他却说:"宜州者,所以宜人也(宜州之所以叫宜州,就是因为它宜人啊)。"用一种坦然又倔强的姿态,让大家宽心。十一月收到诏令,十二月黄庭坚就携全家出发。本打算把家人安置在桂林,自己一个人去宜州,结果家人到了湖南永州就受不了酷热，只能停下来，让他独自一人去广西。这次差不多花了半年时间，到崇宁三年（1104）五月，黄庭坚才抵达了宜州。

每到一个新贬所，开头的日子都是最难过的，而宜州这次尤其艰难。当年正月，朝廷下诏，禁毁三苏文集及"苏门四学士"黄庭坚、秦观、张耒、晁补之等人的文集。六月时，朝廷将元祐、元符年间著名的守旧党人，如司马光、文彦博、苏轼、苏辙等309人列为奸党，把名单发布到全国各个州县，命当地官员将其刻在石碑上示众，意图令碑上人遗臭万年，这就是历史上著名的"元祐党籍碑"。这309人按官职高低排列，司马光高高排在"曾任宰臣执政官"行列的第一位；"曾任待制以上官"的第一位则是苏轼；"余官"行列的第一位是秦观，第二位就是黄庭坚。

在这种形势下，黄庭坚初到宜州时，地方官员避之犹恐不及。他起初租住城西黎秀才的房子，不久就有官员说他住在那里不合规定，于是他只能搬到城南，在戍楼上找了一间漏雨漏风又吵闹喧哗的破屋居住。环境如此艰苦，黄庭坚却不以为意，还自得其乐地给破屋起名叫"喧寂斋"，意思是"喧者自喧，寂者自寂"。

这一年，他衣食不周，一度不得不借钱买米，后世人因此得到了一张宝贵的《贷钱帖》。《宜山县志》上说它"字如龙跃天门，虎卧凤阙，士绅守护，目为至宝"。

直到崇宁三年（1104）年底，朝廷内对元祐党人的政策实际上有所松动，黄庭坚的长兄、江西萍乡知县黄大临不远千里前来探望他。宜州知州党光嗣等人也渐渐开始与黄庭坚来往。本地一些仰慕黄庭坚的医生、道士、僧人和普通百姓，也多次向黄庭坚馈赠食品、家具等物，令黄庭坚的生活大为改善。

最重要的是，前文那位名叫范寥（字信中）的侠士自成都千里追寻黄庭坚而至，于崇宁四年（1105）三月十四到达宜州，自此与黄庭坚寸步不离，为黄庭坚的晚年生活带来许多慰藉。

当年九月，酷暑炎热，几乎难以忍受。一天突然下了小雨，黄庭坚喝得有点醉了，坐在胡床上，把双腿从栏杆中伸出去淋雨，回过头来对范寥说："信中啊，我一生没有这么快活过！"

没几天，黄庭坚就在这里去世了，享年六十周岁，正好一个甲子。

这首《虞美人》，就作于黄庭坚被贬宜州期间。

"天涯也有江南信，梅破知春近。"起笔一句，是一种不可思议的惊喜。未曾想到，与家乡江南有天涯之远的贬谪之所，居然也会有梅花开放。我们常以为梅花是深冬的花，其实不然，开在立春后的它，其实是早春之花，毕竟"一朵忽先变，百花皆后香（宋·陈亮《梅花》）"。也因此，古人常直接呼其为"春信"。梅花一开，就知道春天近了。这个"破"字，用得有力，似能听见花开的声音，也透出一种结实的欣喜。

"夜阑风细得香迟，不道晓来开遍向南枝。"这句翻回头去讲发现梅花之前。头天晚上，深夜之中，夜风细细，送来梅花的香气，惹得诗人十分疑惑——他本以为这里没有梅花的——没想到早上去看，梅树向南的枝条上已开遍了千朵万朵：南枝得到的阳光多，故此开花也早。这梅确是早梅，整棵树只有南枝在开，春意还未遍及全树。真真是"春信"无疑了。

"玉台弄粉花应妒，飘到眉心住。""玉台"，也叫玉镜台，代指天宫，也指宫殿。"弄粉"，调弄脂粉，梳妆打扮。《太平御览》里记载，某年的人日（正月初七），南朝宋寿阳公主躺卧于含章殿的屋檐下，一朵梅花忽然落在她额头上，怎么拂拭都不掉落。皇后就把她留在身边观察，三天后才洗掉。自此，宫女们便以金箔等物制成梅花瓣贴在眉间、额上，效仿寿阳公主做梅花妆。这句是说，梅花在天宫调弄脂粉打扮自己，引得其他花朵嫉妒，只得飘到美人的眉间居住，以避妒意。这句诗堪称奇思妙想，把旧典翻出一般人意想不到的新意，也暗示了诗人身困处境的原因：所谓"太高人愈妒，过洁世同嫌"，才华太盛、性情清高不是罪过，罪过是，你的才气和清高，衬得他人太过庸俗和肮脏。当世间翻涌的都是对你的妒意，你便如梅花一般，只能隐于局促之地——美人的眉间，宜州的戍楼。

"平生个里愿杯深，去国十年老尽少年心。""个里"，此中，其中。"去国"，不是离开国家，而是离开国都，离开朝廷。黄庭坚说："我一生之中，遇见这样人花交映的时刻，就希望酒杯越深越好，让我喝个过瘾；现在离开国都十年，我那颗清狂疏宕、热衷进取的少年心，已全然老去，一丝不存了。"

黄庭坚的那颗少年心，真的"老尽"了吗？

或许是的。

他人生最后一首词是《南乡子·诸将说封侯》：

诸将说封侯，短笛长歌独倚楼。万事尽随风雨去，休休，戏马台南金络头。

催酒莫迟留，酒味今秋似去秋。花向老人头上笑，羞羞，白发簪花不解愁。

年轻人热热闹闹说着建功立业的计划时，他的心态是"万事尽随风雨去，休休"，一切都结束了，他只是一个"白发簪花"的老人，当年的雄心壮志已随风雨而去，现在的他，已经忘却了，乃至不再懂得人间愁怨，情愿与头上鲜花相对而笑，饮一杯不曾变味的薄酒。

活到这个境界，这位谪仙的离去，似乎正是时候。也或许，他的死亡，与那个炎秋的燠热无关，与那场秋雨的寒凉无关，与他因性格而遭际的坎坷无关，而是一朵花轻轻褪下了沉重的花瓣，一只蝶轻轻挤出了逼仄的丝茧，一个灵魂轻轻逸出了衰朽的躯壳——

接下来，终于——

活向轻，活向亮，活向自由。

**究竟是谁的骨头，在风中铮铮作响：**

严蕊《卜算子·不是爱风尘》

不是爱风尘，似被前缘误。花落花开自有时，总赖东君主。

去也终须去，住也如何住！若得山花插满头，莫问奴归处。

"风骨"这个词，细细品味起来，是很有意思的。

风骨的"风"，按词典的说法，指的是"风神"，也就是一个人外在的风度气质；"骨"则是"骨相"，也就是一个人的外形。无论外形如何，风神刚正清硬，行事高洁坚定，才算得上是一个有风骨的人。

但，"风"又何尝不可以是"风波""风雨"，"骨"又何尝不可以是"傲骨""铁骨"呢？正如山本耀司所说，"自我这个东西是看不见的，撞上一些别的什么，反弹回来，才会了解'自己'"——"傲骨""铁骨"这种东西，也要经过了风波、风雨的击打、洗礼，才会知道它究竟是否存在。

未经审视的生活不值一过，未经验证的品德不值一提。

　　历史上有风骨的人很多。南宋时浙江台州的著名歌伎严蕊也是传说中的一位。她以备受摧折却不改其志，绝不污蔑他人的姿态，被世人铭记，如同一朵被风雨摧残过，却峭立于崖畔的山花；同时，后世被视为圣人的朱熹，在她的故事中，则展现出了狭隘、残忍、猥琐的一面。

　　可是，事实真的如此吗？有没有可能，如果你认真追寻历史的来处，掀开传说的华裳，会发现，黑的才是红的，而红的才是黑的？

　　历史与传说，从来经不起细看。

　　严蕊事件，正是这么一个故事。

## 故事的 A 面：弱女风骨？

　　我们最常听说的故事是这样的：

　　南宋孝宗在位期间，台州营妓的行首（可以理解为官方花魁）是严蕊。她不仅色艺双绝，而且才华横溢，琴棋书画无所不通，偶尔填词写诗，也颇有一些新鲜词句，连专业诗人都不得不叹服。博古通今之外，她还人情练达，善于待人接物，于是名扬四方，有人不远千里登门拜访她。

唐仲友做台州知州时，酒席上曾让她吟咏一下红白桃花，她马上就填了一阕《如梦令》："道是梨花不是，道是杏花不是。白白与红红，别是东风情味。曾记，曾记，人在武陵微醉。"唐仲友十分欣赏，就赏了她双丝厚绢。

不久后的七夕，唐仲友又宴请众人。客人中有一个叫谢元卿的豪放之人，早就听说过严蕊的才名，就让她用自己的姓（谢）做韵脚来作词。大家刚开始喝酒，严蕊就已经填好了一首《鹊桥仙》："碧梧初出，桂花才吐，池上水花微谢。穿针人在合欢楼，正月露、玉盘高泻。 蛛忙鹊懒，耕慵织倦，空做古今佳话。人间刚道隔年期，指天上、方才隔夜。"① 谢元卿看后为之倾倒，在严蕊处住了半年，临走时把身边资财倾囊相赠。

唐仲友与严蕊虽然惺惺相惜，却发乎情止乎礼，并无留宿等私情。没想到，因为自己的学术观点跟当时的大儒、后世的圣人朱熹不同，竟让严蕊遭到了飞来横祸。

淳熙九年（1182）七月，任职提举浙东常平茶盐公事

---

① 黄勇. 唐诗宋词全集［M］. 北京：北京燕山出版社，2007。

的朱熹来到台州，想要罗织罪名把唐仲友拉下马，就指称他与严蕊"逾滥"——按宋代法典，官员不可与官妓有私情，如有，就是犯了"逾滥"之罪。一经查实，"须经十年以上，后来不曾更犯罪，并与引见"——把严蕊关进监狱一个多月，百般拷打，想要她承认与唐仲友"逾滥"。但即便被杖责，严蕊也从未松口。狱吏看她被打得可怜，好言劝她："你还不如早点认了，最多也就是被杖责，不是什么重罪。何必受这些罪呢？"严蕊回答："我这个身份，就算是与知州有私情，也不是什么死罪。但真就是真，假就是假，我怎么能说谎来抹黑士大夫呢？我宁死也不能诬陷他人！"因为她坚持不招供，两个月之内，一再被杖刑，差点死掉。

不久后，朱熹改任，岳飞的三儿子岳霖去做了浙东提刑。新年时，他怜悯严蕊伤病憔悴，就让她填词一首来给自己辩解。严蕊几乎是立刻应声吟诵出了这阕《卜算子》：

不是爱风尘，似被前缘误。花落花开自有时，总赖东君主。　去也终须去，住也如何住！若得山花插满头，莫问奴归处。

岳霖被她的风骨和才华感动，当天就判她脱籍从良。后来，严蕊被一个赵姓宗室——皇帝的宗亲娶为妾室而终老。

这是一个多么感人的故事：女人是身份卑微的，却又是美丽多才的，这也就罢了，偏偏她又是有风骨的，如出淤泥而不染的莲花，似傲风笑雪的梅树；男人是潇洒慷慨的，也是怜香惜玉的，不但懂得女人的美，还对她尊重又爱护。他们是如此高雅，又是如此无辜。结局又是令人惋惜而又庆幸的"清官救风尘"式的——幸而他慧眼识珠，幸而她沉冤昭雪，甚至，她还"有幸"被宗室娶为妾室，安稳度过了余生。整个事件中，最可鄙的，就是披着"圣人"的外衣，干着挟私报复的丑事，只为一点学术上的门户之见，就不惜污蔑君子、欺侮女性的"伪君子"朱熹了。

问题来了——这是真的吗？如果这是故事的 A 面，它有没有 B 面呢？

## 故事的 B 面：被抹黑的圣人？

按照朱熹的履历和《晦庵文集》里收录的朱熹奏状来看，这个故事是这样的：

自淳熙元年（1174）起，浙东一带便灾害不断，水灾、旱灾、春寒，轮番出现，百姓艰难度日。淳熙八年（1181），浙东春寒之后继之以大旱，急需赈灾。宰相王淮向时任皇帝宋孝宗推荐了朱熹。

之前几年，朱熹任职南康军知军兼管内劝农事，时逢饥荒，朱熹想尽办法救荒，除筹钱、筹粮之外，还改进了许多律令，以改善百姓生活。因为赈灾有功，朱熹被升为直秘阁，但因皇帝未答应他嘉奖救灾时捐粮的富户，朱熹并未接受升职。直到这次，被王淮推荐后，朝廷任命朱熹做浙东常平茶盐公事，让他去浙东赈灾，富户们也得到了嘉奖，朱熹才接受了任命，并立刻出发前去浙东。

淳熙九年（1182）正月初二，朱熹不带随从，开始亲自对受灾地进行巡视。通过实地调查，他获得了许多第一手资料，于是，在给粮、给钱、施粥、抚民的同时，他逐一对发现问题的官员进行了弹劾。

他弹劾绍兴府兵马都监贾祐之救济怠慢，弹劾绍兴府密克勤偷盗官米；弹劾衢州知州李峰掩盖灾情督责财赋，弹劾衢州江山县知事王执中弛慢失职……一路发现问题，一路弹劾，七月，轮到了台州。

还未抵达台州，朱熹已在路上遇到了四十七位流民。他们扶老携幼，狼狈逃荒。询问后，朱熹发现唐仲友在大灾之年，不急着救灾抚民，反而"急于星火"地"催督租税"，以致"民不聊生"，而且，唐仲友在任上，还多有"不公不法事件"，于是，朱熹七月十九日便上了第一道奏折，表示自己要亲自前去调查。

二十三日，朱熹刚刚抵达台州，立刻又上了第二道奏折。在这道奏折里，他详述了唐仲友催督租税的做法：以台州辖区内的天台县为例，夏季纳税总额为"绢一万二千余匹，钱三万六千余贯"，八月底前缴足即可，唐仲友却催逼六月底前缴纳。至六月下旬天台县便缴上了"绢五千五百余匹，钱二万四千贯"，唐仲友却说他们缴纳迟缓，把天台县令赵公植抓走了，宣布十天之内缴足余额才放还知县。唐仲友还派人到宁海追缴去年的欠米余税，"百端骚扰"百姓。

二十七日，朱熹上了第三道奏折。这次，他经过深入调查，在有证人、证言、证物的基础上，罗列出了唐仲友的二十四条违法乱纪事实，比如将公库余款十多万贯直接搬回金华老家；用公款购买生丝，少量用作公事，大多运回老家自己的商铺贩卖；用公款购买丝绸给儿子婚礼使用，余下的染成彩绸赠送给官妓严蕊、王静等人——严蕊第一次出现了；除与官妓严蕊、王静、朱妙等人公然打情骂俏外，还违规为严蕊落籍（脱离娼籍，即从良）。宋时规定，六品及以上官员可为官妓落籍，但也需与官妓的管理部门走正常流程才行，唐仲友似未执行；为严蕊落籍后，他又让表弟高宣教用"公库轿乘、钱物"把严蕊送回老家婺州（后又改送至黄岩县）。此外，唐仲友还让官妓们帮他收受贿赂，干预政务等——严蕊与唐仲友的私情本属违法，但夹杂在唐仲友一系列的违法行为之内，并非朱熹强调的重点。

这三道奏折，宋孝宗并未第一时间看到，反而被朱熹的举荐人、丞相王淮给压下去了，因为王淮的妹妹，是唐仲友的弟媳妇，两人是姻亲。王淮举荐朱熹，固然是一片公心，涉及私情时，却也毫不犹豫选择了偏袒。

八月八日，朱熹又上了第四道奏折，里面对唐仲友的罪状提供了二十条新线索。同时也提到，已经在黄岩县抓到了严蕊，经过讯问，严蕊对自己与唐仲友"逾滥"，收受贿赂后找唐仲友为其他人办事等情节"亦已供招"。也是在这道奏折里，朱熹录下了这首《卜算子》的下阕："去又如何去，住又如何住。但得山花插满头，休问奴归处。"——作者却不是严蕊，而是唐仲友的表弟高宣教。他作此词，是替严蕊向唐仲友喊话：我现在处境尴尬，你要早做安排才是。

这道奏折发出时，朱熹弹劾唐仲友之事已四处传扬了。趁着皇帝还没看到，唐仲友抓紧时间销毁证据。而丞相王淮发现他不能再继续隐瞒了，就想出了一个高招：隐瞒所有真相的方式，是呈现部分的真相来引导视听——他只给宋孝宗呈送了朱熹的第一道奏折。宋孝宗问他的看法时，他轻描淡写地回答，朱熹与唐仲友之争，不过是"秀才争闲气"罢了。朱熹是"程学"派，继承了"二程"（程颢、程颐）理学家的衣钵，而唐仲友是"苏学"派，喜欢的是苏轼那派的风流豁达——朱熹是理学大家，但宋孝宗喜欢的是苏轼，根本不喜欢理学家那种空谈道学的风气。于是他对此置之一笑，不再追究。

不久后，朱熹接到命令，让他离开台州去继续巡查，唐仲友一案由浙西提刑负责调查。因为朱熹的职责为赈灾救荒，弹劾官员，并不负责司法，提刑才是负责司法的。

但朱熹没有听命，很快又上了第五、第六道奏折，乞求皇帝惩治唐仲友及其党羽，好给台州百姓一个交代。

最终，唐仲友被免职，改任江西提刑。朱熹则被朝廷一再催促离开台州。于是，八月十四日，朱熹上了一道《乞罢黜状》，乞求罢黜自己，并解释道，自己持续逗留在台州，是想等新任知州上任，以免唐仲友伺机反扑。

八月十八日，朱熹离开了。之后他才知道，原来准备授予唐仲友的江西提刑一职，现在被改授给了自己。为了避嫌，他坚决不受，再次辞官，回到老家教书去了。

严蕊傲骨抗官的故事，来自半个世纪后宋末元初文人周密所著的《齐东野语》。周密在文末又说，与朱熹同时的文人洪迈曾在《夷坚记》里记载过这件事，但不是很详细，详情他是从天台县的"旧家"（久居当地且颇有名声的家族）听说的。也就是说，他的资料，来自道听途说，可信度未免大打折扣。

事实上，严蕊于黄岩县被捕后被执行杖刑，首先是因为她擅离职守。作为台州营妓，未经合法落籍，便"无故"到黄岩县居住，肯定会被惩罚。执行惩罚的机构是绍兴司理院，也不是朱熹，因为朱熹的官职只有弹劾权，没有执法权。

另外，岳霖也从没去台州做过官。根据南宋绍兴地方志《宝庆会稽续志·提刑司》记载，淳熙八年（1181）九月至九年（1182）九月，浙东提刑是傅淇。淳熙九年十一月至十年（1183）五月，接任者则是张诏。

同时，因为学术意见不一，朱熹就对唐仲友挟私报复的说法，似也很难站住脚。因为同时代陆九渊、陈亮的学术观点与朱熹都有极大不同，却彼此私交甚好。陆九渊与朱熹曾在信州鹅湖寺（今江西上饶市铅山县鹅湖镇）进行过长达十日的辩论，史称鹅湖之会，是中国哲学史上的重大事件。陈亮则与朱熹通信辩论长达数年。甚至唐仲友本人，也曾与朱熹有过一段时间的交流，将自己以官钱印刷的《荀子》等书寄送给朱熹一套（朱熹在后续调查中发现是官钱印刷后，在奏折中自责不该接受）。由此可知，朱熹在学术上，并非心胸狭隘之辈。

为什么一心为民、后世被尊为圣人的朱熹，在这个故事里会被抹黑为伪君子？

据说，是因为他跟洪迈有过仇隙。身为主战派的他，曾多次攻击身为主和派一员的洪迈是"奸险谀佞"之徒。

还因为，明代才开始被尊崇的理学，在南宋时并不那么受朝廷欢迎。理学家们倡导"性命之学"，主张通过"修身养性"以"致圣"，很容易导向浮夸务虚、明哲保身。具备务实精神的宋孝宗并不喜欢这种论调。他在位期间，理学已渐渐被视为"伪学"，到宋宁宗时，干脆来了一场"庆元党禁"，直接把理学定性为"伪学"，把朱熹等人定性为"逆党"，烧其书，罢其官，禁其言达六年之久，直到朱熹去世后才渐渐松懈。

想来也是，朱熹讲究"存天理，灭人欲"，不停地在皇帝和官员之间念叨克制欲望、修身养性、抗金复仇等事，着实有点讨人厌。没想到，本不被皇室看重的他，在后世又被架到了圣人的位置上，用来克制自己的规范，成了缚人终身的绳索。万千读书人中，总有一些更喜欢自由的，乐于看见拘束自己的圣人脸上被抹点灰，于是也就半真半假地相信了野史逸闻。

对我们这些普通人来说，那些淹没在历史里的是非，曲直难断。而他们的故事里，有风月情，有贪嗔痴，也有虽俗气却千古不变的人性，值得思索。

**疏狂，是我给这跌宕人世开出的解药：**

刘克庄《一剪梅·余赴广东，实之夜饯于风亭》

束缊宵行十里强，挑得诗囊，抛了衣囊。天寒路滑马蹄僵，元是王郎，来送刘郎。

酒酣耳热说文章，惊倒邻墙，推倒胡床。旁观拍手笑疏狂，疏又何妨，狂又何妨！

宋理宗嘉熙三年（1239）的一个冬夜，福建仙游风亭驿（今福建仙游县枫亭镇）来了几位挑着大包小包行李的客人。其中两位衣着气质像是主人，另外几人则是仆从。放下包裹，他们就叫了一桌酒席，开始吃喝。觥筹交错之间，只听这两人高谈阔论，一直在品评、赏鉴文章、诗词的优劣，说到热闹处，还忍不住高声吟诵、放声大笑，声震屋瓦，不仅吵醒了早睡的客人，甚至惊醒了睡熟的夜鸟。

　　——这两位在现代要被指控"扰邻"的客人，究竟是谁呢？

　　其中一位，是当时已靠诗词赢得盛名的一代文宗，福建莆田人刘克庄，他正要去广东赴任，而另外一位则是来为他饯行的好友，福建仙游人王迈。

刘克庄，初名灼，字潜夫，号后村，宋孝宗淳熙十四年（1187）出生于莆田一个官宦人家。祖父刘夙，父亲刘弥正，都是进士出身。刘夙历官吉州司户参军、建州和温州府学教授、礼部贡院考官、秘书省正字、枢密院编修官、湖北帅参等职，还曾做过衢州、温州等地的知府；刘弥正则做过临川知县、太常寺丞、吏部侍郎。祖父两代都学识渊博，各有多部著作。天资聪颖的刘克庄耳濡目染，又异常勤勉，于是青出于蓝，十八岁时便以词赋第一的成绩补为国子监生。

宋宁宗嘉定二年（1209），本无意功名的刘克庄因恩荫被补为将仕郎（从九品，文官的最低官阶），开始了自己一波三折的仕途之路。

因为年少即负有盛名，一出道，刘克庄就受到了各个高官的垂青。

嘉定三年（1210），刘克庄调任靖安（今江西靖安）主簿（主管簿书、符檄、狱讼、赋税及教育等事务，相当于一个县的管家），各路转运司使（相当于现代省级最高长官）纷纷想收其为幕僚。刘克庄在主簿任上工作十分出色，深受上下喜爱。

嘉定六年（1213），父亲刘弥正病逝，刘克庄辞官回家守孝三年。孝期结束后，被江淮制置使李珏聘为沿江制司准遣，负责文书撰写。南宋军事力量薄弱，却一直面对金、蒙等强敌，最终形成了以"防"为主旨的国防体系。国土自西向东形成了四大制置使战区：四川、京湖（广南）、江淮、沿海。江淮战区内，有守卫南宋都城临安的两道天然防线——淮河、长江，故而得名。江淮制置使相当于江淮战区总司令。

被李珏聘为幕僚之时，金军已南侵光州（今河南潢川）等地，李珏受皇帝之命，与京湖制置使赵方联合对抗金军。刘克庄见维扬（今扬州）兵不满数千，便提议"抽减极边戍兵，使屯次边，以壮根本"（从极边远的战区抽调士兵来充实次边远战区，以壮实根基），但建议不被采纳。次年春天，金兵果然乘虚而入，犯安濠（濠州，含今安徽蚌埠、凤阳、怀远等地），攻滁州（今安徽滁州市），江淮大乱。金军的游骑一度逼近建康（今江苏南京）。最后靠投宋的金国起义军"红袄军"救援，方才击溃金军。滁州之围解除后，刘克庄就退出了李珏的幕府，余生无进入军旅的机会。

三十二岁的刘克庄再次回到家乡，闲居六年。南宋嘉定十七年（1224），宋理宗即位，刘克庄被任命为建阳（今福建南平建阳区）知县。任职期间政绩优异，甚至使"司空讼少，吾民不识水旱"（诉讼减少，人民未曾见过水旱灾害）。就在此时，一个拖累他十年之久的政治事件发生了。

故事要从宋理宗赵昀登基说起。

宋宁宗生了九个皇子，却全部夭折，不得已选宗室子赵竑作为皇子养在宫中。

嘉定十五年（1222），赵竑已被封为济国公，原本是继承大统的不二人选。但他多次私下放话，登基后肯定要收拾权臣史弥远。史弥远通过自己安插的线人得知此事，就命太学录（在太学中掌管学规、训导之职）郑清之秘密观察、培养另一位本来被当作沂王继承人的宗室子赵贵诚。

嘉定十七年（1224）八月，趁宋宁宗病危，史弥远矫诏将赵贵诚立为皇子，赐名为赵昀，授武泰军节度使，封成国公。

当年闰八月，宋宁宗薨，史弥远与杨皇后、郑清之等人趁乱将赵昀扶上了皇位。而赵竑被封为济王，不久后被逼自缢。

史弥远让赵昀做皇帝，就是想延续自己的专权，事实也如他所愿。二十岁的宋理宗上台后，完全将朝政交给史弥远来把控，自己安心做傀儡皇帝。直到九年后史弥远病逝，他才开始亲政。

大凡以不正当手段登上高位者，内心总免不了有些空虚与恐慌，也因此会将注意力放在民众的言论上。历代"文字狱"无不因此而起。史弥远及其党羽也不能免俗。

宝庆三年（1227），杭州书商陈起编刻了一部诗集《江湖集》，收录了当时被称为"江湖诗派"的一批诗人的作品。史弥远的党羽，言官李知孝、梁成大等人发现了这部诗集，并捕风捉影地从中挖掘出了凭吊济王、讥诮史弥远、讽刺朝廷等意，将涉案诗人或流放或贬斥，其中就有刘克庄。

连累刘克庄的这首诗叫《落梅》，末句"东风谬掌花权柄，却忌孤高不主张"，被解读为谤讪史弥远。刘克庄本来要被提回京都受审，但因在太学读书时与郑清之相熟，郑清之极力为其说情，才得以幸免。但官是做不了了，只能回家闲居。据说归家之日，送他的百姓绵延数里。

两年后，刘克庄被委任为潮州通判，还没来得及赴任，就因"嘲咏谤讪"的罪名又被去职。

直到史弥远去世，郑清之做了右丞相，刘克庄才被起复使用。六年内他做过一年幕僚，几任小官，又因替济王说话被弹劾落职，反复起落几次后，于嘉熙三年（1239），被提拔为广东提举常平公事，分管广东路财赋，并监察各州官吏。

一收到诏令，刘克庄就急如星火地出发了，也就有了本文开头的那一幕。

从莆田下广东，仙游是必经之路，风亭驿更是官员们歇宿的官方处所。当初一起为济王鸣不平的同乡好友王迈也正闲居于仙游老家，得知刘克庄要去赴任，便提前在风亭驿等着他了。

"束缊宵行十里强，挑得诗囊，抛了衣囊。天寒路滑马蹄僵，元是王郎，来送刘郎。"见到王迈时，刘克庄已点着乱麻捆成的火把（束缊）赶了十来里夜路。冬日天寒路滑——据考证，自元符三年（1100）宋徽宗即位起，中国就进入了历史上的第三次寒冷期。此后近二百年间，宋朝多次出现凛冽寒冬，所以福建人刘克庄说的冷，是真的冷，并不是诗词中的夸张——马蹄都冻僵了。行路艰难，不得不精简行李。但哪怕是在"天寒"的情况下，刘克庄宁愿抛掉一些衣服，也要留住自己的"诗囊"。对他这样的读书人来说，诗书永远是最重要的。而如此寒冷的冬夜，好友的饯行，也会让刘克庄倍觉温暖吧。

这一段看似明白如话，一读就懂，其实也嵌入了三个典故。

"宵行"用的是《诗经·召南·小星》"肃肃宵征，夙夜在公"之意，暗示这次夜行是为了公务。

"王郎"本出自《世说新语·贤媛》，说的是才女谢道韫嫁给了王羲之的儿子王凝之，对其十分不满，觉得他跟父辈和同辈相比都不够出色，曾叹息说："不意天壤之中，乃有王郎。"刘克庄反用其意，曾专门填词夸赞王迈："天壤王郎，数人物、方今第一。谈笑里、风霆惊座，云烟生笔。"说天地之间，王迈是第一流人物。

而"刘郎"则是刘克庄以唐代大诗人刘禹锡自喻。刘禹锡曾因一首《元和十年自朗州至京戏赠看花诸君子》刺痛权贵被贬，十四年后重回京都，又作了一首《再游玄都观》，在两首词中，诗人都自称"刘郎"。其姓氏、遭遇与狂放豪迈之气，与刘克庄简直是完美相似。

这三个典故，用得是无比贴切又完美，尤其是两个称呼，在了解了典故和刘克庄的经历后，简直是要会心大笑了。

"酒酣耳热说文章，惊倒邻墙，推倒胡床。旁观拍手笑疏狂，疏又何妨，狂又何妨!"既是饯行，酒是少不了的。王迈进士出身，也写得一手好诗好文。与这样的好友相见，谈资自然是诗词文章。酒喝到痛快处，诗文也谈到了热闹处，谈笑争论之声几乎要把墙壁震倒，两人互相拍打推搡，又差点推倒了坐着的交椅。

好一场酣畅淋漓的聚会!假设此时有人旁观，一定会拍手笑话刘郎和王郎的疏狂。但刘郎说了，疏又何妨!狂又何妨!疏狂才是我的本色!也唯有疏狂，才可消解这跌宕人世的荒唐!

孔子在《论语·悟学》中曾说"狂者进取，狷者有所不为也"。刘克庄完全符合这个标准。正因为"有所不为"，他才几次被落职，或自己辞职;又因为"进取"，一旦重新被起用，他便立刻振奋精神，再次冲上前去，像从未受过冷落一样，继续为君王尽忠，为民众谋利。他是一个真正具有儒学精神的人，故此，他狂得有趣，也狂得有理。

这句"旁观拍手笑疏狂，疏又何妨，狂又何妨!"让人想起"种桃道士归何处，前度刘郎今又来"。刘禹锡和刘克庄的想象里，都有"他者"在。他者不理解"刘郎"们的志趣追求，只会旁观、嘲笑，乃至阻挡，却终究什么都挡不住；也让人想起"沉舟侧畔千帆过，病树前头万木春"，"刘郎"们的才华和豪情终究是压不住的，它们会从石缝中钻出来，从死灰中迸出来，从泉眼中喷出来，哪怕不能挥洒在仕途上，也会化为诗，化为歌，化为历史上的一页页故事，被人铭记。

这，就是疏狂之威力，也是疏狂之必要。

# 世情

所谓世情，其实就是世态人情，也是人间冷暖。

出于个人的偏好吧，我总觉得，关于世情的文字，往往格外好看，比如，《儒林外史》《红楼梦》《呐喊》。

鲁迅在《呐喊》自序里写道："有谁从小康人家而坠入困顿的么，我以为在这途路中，大概可以看见世人的真面目。"人世是一盘大磨，也是一个熔炉。被磨过炼过，你才知道，自己是不是良种精金，而他人又是何种成色。也是在这样的磨炼里，你逐渐懂得一点世界，懂得活着的意义。

在世情中打滚，让我们看透他人的本质与底色，同时也呈现出自己的。在这一点上，千年前的词人们也不例外。

苏轼经历了"乌台诗案"后，也会孤独寂寞冷，陷入彷徨；清高洁净、隐逸半生的朱敦儒，最终因爱子心切，给履历染上污点；少年得志的名门后裔蒋捷，中了进士不久，南宋即告亡国，自此他在风雨中飘零半生；"诸事皆能"、琴棋书画样样精通的宋徽宗赵佶，最终断送北宋江山；而南宋覆亡之际，那些才貌双全的女子，将会归向何处？

让我们追随这些传世词作所暗示的线索，向着历史更深处探寻……

## 伟大的灵魂也曾历经彷徨：
### 苏轼《卜算子·黄州定慧院寓居作》

缺月挂疏桐，漏断人初静。谁见幽人独往来，缥缈孤鸿影。

惊起却回头，有恨无人省。拣尽寒枝不肯栖，寂寞沙洲冷。

读词，读来读去，总会撞上苏东坡。即使有时候你刻意规避，也有可能像是遇到了"鬼打墙"，磕磕绊绊走了一大圈，迎面撞上一个人，啊，是你，是你，还是你！脑海中无意翻出个句子，"春色三分，二分尘土，一分流水（苏轼《水龙吟·次韵章质夫杨花词》）"，玩味半天，再一想，啊，又是你——苏东坡！

　　这是因为，苏东坡不但写得好，而且写得多，题材又广泛。要豪放旷达，有《念奴娇·赤壁怀古》；要情致缠绵，有《蝶恋花·花褪残红青杏小》；要幽微清冷，有这阕《卜算子·黄州定慧院寓居作》。

　　应该是秋末冬初或冬末春初的夜晚，寒意正浓，暖意不生。梧桐树枝叶寥落，树梢上是一弯缺月。不是"残月"，不是"弯月"，一个"缺"字，写出了月的不完满，也写出了人心的不完满。而"挂"字明明是动词，透露出的却是久久不动的、近乎死寂的安静。用来计时的漏壶水已经滴完，正是夜深人静之时。谁看见那位幽独之人在月下徘徊，好似一只孤单飞翔的大雁——它展开双翼，久久才扑动一下，白色的身影在朦胧月光中不可捉摸，似有似无。

不知是人还是鸿雁，突然被某个响声惊动，惊惧地回头张望，内心的痛苦无人可解。这个凄冷的夜晚，看遍了披着月华的树枝，却不想在任一棵树上栖息，最终，还是选择落在寂寞清冷的沙洲之上。

真正伟大的诗人写的诗都是浑然天成的，竟不知是妙手偶得，还是曾被精心锤炼。

缺月，不完满；疏桐，清冷萧索；缺月挂于疏桐之上，静而停滞；漏壶水已用完，表示夜已深，不只是人声已静，就连漏壶的滴水声也没有了。这般安静得几乎让人不敢呼吸的夜里，一只孤单鸿雁出现了。鸿雁飞翔时双翼展开，扑动翅膀的频率不高，又多为白色、灰色，可以融入月色之中，融入这一片寂静里。

无论是鸿雁还是诗人，都是志向高远而品质高洁的。但这个寂静得几乎不祥的夜里，他们怀着深深的忧惧，看不到任何一丝希望，只能也只愿独自栖息在寒冷的沙洲上。对一生豪爽放达的苏轼来说，惊惧是一种罕见的情绪。到底是什么事，让这位一向乐天的诗人害怕了呢？

宋神宗元丰二年（1079），苏轼四十三岁，从徐州调任湖州知州。之前，因为宋神宗重用王安石实行变法革新，朝廷中"新党"得势，坚持旧法、注重实务，希望能循序渐进的苏轼与新党政见不合，便自动避开新党势力，要求到地方上做官。他历任杭州通判、密州（今山东诸城）知州、徐州知州，都取得了不错的政绩。尤其是在徐州做知州时，七月中旬，黄河发了大水，徐州城下水深达二丈八尺九寸，城里百姓惊恐不安，纷纷准备逃命。为了安定民心，苏轼禁止富裕的人家出城（富人是各种灾难来临时的风向标，富人一走，穷人自然更加害怕，民心随之崩溃），并亲自带领军民抗洪，晚上就跟大家一起住在城墙上。洪水围城五十多天，苏轼带人建造了984丈长堤，并疏导洪水流入黄河故道，终于平定了水患。此役之后，宋神宗对苏轼大为赞赏，不仅下诏嘉奖了他，还将他调到湖州做知州。

　　刚上任三个月，苏轼一生之中最可怕的遭遇就来了。

　　调任湖州知州后不久，他给皇帝写了一封《湖州谢表》。所谓谢表，基本上就是例行公事，每位官员在职位变动后，都要给皇帝上这么一个谢表，以表达"感谢吾皇赐我官职，吾皇万岁万万岁"之意。但是，这次不一样。

　　此时，力行改革的宰相王安石已经退休，把持朝政的，是另外一批借"新政"之机上位的官员。他们关心的，早已不是国计民生，而是自身的官位与利益。眼看"旧党"苏东坡受到宋神宗青睐，有可能再度回京做官，他们便坐不住了。

　　御史中丞李定、舒亶、何正臣等人，看到邸报上苏东坡的《湖州谢表》后，充分准备了一段时间，开始对苏东坡发难。他们一字一句剖析苏东坡的谢表，一笔一画分析苏东坡的诗文，挖掘、引申出各种无中生有的解释，说他"愚弄朝廷，妄自尊大""衔怨怀怒""包藏祸心"，罪大恶极，其罪当诛。

　　苏轼是四月上任的，七月二十八日就被逮捕，八月十八日被送进了御史台的监狱。因为汉朝时御史台上种满了柏树，树上到处落满了乌鸦，所以御史台又被称为"乌台"。这就是历史上著名的文字狱"乌台诗案"。

苏轼在狱中被监禁了四个多月，经常被通宵审讯、辱骂。新党们本来抱着一定要置他于死地的决心，他自己也做好了死亡的心理准备。在狱中，他的饭菜是由长子苏迈送去的。因父子不能见面，他们便暗中约定，平时只送蔬菜和肉食，如果听到死刑判决，就改送鱼类来作为通知。某天苏迈因手头钱财用完，需要去借钱，便委托自己的朋友代送一天饭菜，结果该人居然送了一条熏鱼。苏轼大惊之下，写了两首诀别诗给弟弟苏辙。① 其中一首说：

圣主如天万物春，小臣愚暗自亡身。

百年未满先偿债，十口无归更累人。

是处青山可埋骨，他年夜雨独伤神。

与君世世为兄弟，更结来生未了因。

他说：子由啊，这辈子我们做兄弟还不够，以后生生世世，我们都要做兄弟。

① 王立群. 宋十家诗传［M］. 郑州：大象出版社，2022。

另一首则提到了妻儿：

> 柏台霜气夜凄凄，风动琅珰月向低。
> 梦绕云山心似鹿，魂飞汤火命如鸡。
> 眼中犀角真吾子，身后牛衣愧老妻。
> 百岁神游定何处？桐乡知葬浙江西。

他说：孩子们都是好孩子，可惜我没有积蓄，死后要让老妻受苦了。子由啊，我死后他们就托付给你了。要问我死后魂归何处，我愿意被葬在浙江桐乡。

两首诗写完，狱吏按照程序，把它们抄录好呈给皇帝看。宋神宗读后，对苏轼的才华怜惜不已。加上太后、王安石、民间大众——尤其是杭州和湖州的百姓纷纷请愿，恳求皇帝不要杀苏轼。苏轼最终被贬到黄州（今湖北黄冈）做团练副使（相当于民兵队队长）。

苏轼携家带口二十多人去了黄州，名义上是去做官，实际上是被监禁。他的团练副使一职，全称是"黄州团练副使，本地安置，不得签署公事"，意思就是，他没有处理公事的权力，黄州官方也不会给他解决任何吃住问题，没有一分钱的俸禄。到了黄州之后，没有地方住，苏轼便借住在定慧院，也就是一座寺庙里。这阕词，正是作于此寺之中。

刚从生死关头逃脱的苏轼，一颗心落回肚里没多久，难免还残余着惊惧之意。这阕词就是他这种情绪的反映。但即使是在这样的情况下，词本身依然美不可言。他的弟子黄庭坚曾评价此词："语意高妙，似非吃烟火食人语，非胸中有万卷书，笔下无一点尘俗气，孰能至此！"

对我们来说，正是这样的词，将词人拉回到我们身边，还原为一个真实的人。他跟我们一样，爱吃，会怕，恋生，惧死，喜欢开玩笑，用普通人的心，认真地生活着。不一样的只是，他能把我们心里最细微的颤动写出来，每个字都不可改动，每个字都恰如其分。

对伟大的灵魂来说，彷徨无计的日子最终会化为磨镜石，将灵魂磨砺得更为明亮澄澈。被贬黄州之前，苏轼以文采驰名天下，字词之间更多的是青年意气、政论时评；而正是到了黄州之后，他更多转向内心与自然，逐步完成了自身与天地的融合，终于具备了真正圆融的智慧。

人生不能没有高蹈之时，不然，便不会有昂扬的气度，不会相信自身存在的价值；人生更不可缺少低谷，唯有位于低谷时，人才有可能、有时间深挖自身，沉淀智慧。高蹈之时过于顺遂，于是只顾得上飞奔着赶路；低谷之时，才会有心看清自己，看懂他人，看明白这世界。

对苏轼来说，黄州也是"苏东坡"这个名字的诞生地。因为并无俸禄，苏轼就在黄州东坡开垦了一片荒地，自此为自己取号为"东坡居士"。千年以后，苏东坡这个名字甚至比苏轼更为响亮，即使没读过他诗文的人，很可能也知道肥而不腻、入口即化的"东坡肉"。而不久之后，逐渐适应了黄州生活的苏轼开始游山玩水，遇见黄州赤壁（鼻）矶的那一天，他写下了不朽名篇：

### 念奴娇·赤壁怀古

大江东去，浪淘尽、千古风流人物。故垒西边，人道是、三国周郎赤壁。乱石穿空，惊涛拍岸，卷起千堆雪。江山如画，一时多少豪杰！

遥想公瑾当年，小乔初嫁了，雄姿英发。羽扇纶巾，谈笑间、樯橹灰飞烟灭。故国神游，多情应笑我、早生华发。人生如梦，一尊还酹江月。

如梦的，何止是人生呢？

## 命运是一记辛辣耳光：

### 朱敦儒《鹧鸪天·西都作》

我是清都山水郎，天教分付与疏狂。曾批给雨支风券，累上留云借月章。

诗万首，酒千觞。几曾着眼看侯王？玉楼金阙慵归去，且插梅花醉洛阳。

你爱上一个人，第一眼看见，你就知道是他。那眉眼，只看到一次，却直烙你心。回家后，你调出记忆中的图像细细复习，数得清他有几根睫毛，看得清他细密的唇纹，却记不清相遇时是晴是阴，路边是否还有他人，记不清你们相遇的原因。

这就是我爱上这首词的情形。早已忘记是在何时何地读到，但当时就十分惊艳，不只过目成诵，而且念念不忘。时至今日，许多曾读过的诗词已在岁月中零落，这首词却还可以在我上下班的路上，忽然自行从心头浮起，一行行从雾霾中冉冉浮动上升。当天我对这世界的宽容和谅解，无端就会多上几分。

并不是我记性好，实在是这首词太动人。我相信读过它的人都无法忘记它，就像见过真正的美女也无法忘记一样。它太单纯，也太美好。一句一个形象，一句一个动作，一句一个境界。读它，就如亲眼看见一位身着淡青长衫的男子，独立于天地之间，天上风驰云走，地上雾气弥漫，而他，左手拢云托月，右手挽风留雨，嘴角含一丝疏狂懒慢的淡淡笑意。你无法想象，他会向任何人弯下腰来，哪怕那人是九五之尊，最高贵的人皇。他的人生里，只有诗与酒，月与花。梅花开时，他会在花下大醉，归去时，肩上荷了一担冷香，而皇城的玉楼金阙，不过是远远的浅淡到看不出轮廓的一点影子。

子是神仙中人，李白后身。读到这首词时我这样想。李白的仙气无凭无据，横空而来，自他去后几乎无人能接，却原来三百年后，落在了朱敦儒身上。

朱敦儒，字希真，号岩壑，又称伊水老人、洛川先生。对大多数人来说，这个名字算是比较陌生——相较于李白、杜甫、苏轼等人，他算不上是家喻户晓的人物。宋神宗元丰四年（1081），朱敦儒出生于河南洛阳。他的父亲朱勃，曾在宋哲宗绍圣年间担任谏官。朱敦儒当是含着银汤匙出生的，前半生家境优裕，生活优渥。《一代宗师》里的叶问说："如果人生也有四季，四十岁以前，我的人生都是春天。"朱敦儒也一样，直到靖康之乱发生前，他的人生，全是春天。

你去过洛阳吗？2003年的早春，我在龙门石窟对面的香山上，遇到几株早开的白牡丹。花朵碗口大，丝绸般的花瓣在春寒中微微颤抖。那是我第一次看到牡丹花。从那一刻起，我再不相信别人说她"俗艳"的鬼话。香山对面是龙门石窟，卢舍那大佛噙一朵微笑温柔沉默，两山之间，伊水清澈，不急不缓，流淌一千年。随便选一站公交车坐上去，路过的地名里尽是故事：安乐窝、金谷园、关林……街边随意一家小饭馆，掀帘进去，不必要洛阳蜚声天下的"水席"，一碗普通的芹菜肉丝面里温厚的家常味道，就足以安慰你的胃。即使是在每个城市都在急匆匆向前冲的现在，洛阳也像是刚刚从古历史中醒来，跟它的山、水、花、故事一起，让你的心安宁。

我去过洛阳四次，每去一次，就觉得，如果要回河南安家，洛阳实在是最好的选择。

一千多年前的洛阳，当比现在的洛阳更美。家境优越、才气纵横的朱敦儒，在那样的洛阳里，如鱼得水。因为家境好，他不需求官求财，就能支付起自己自由又诗意的生活，清高便成为他身上最醒目的标签。早在青年时代，他就获得"词俊"之名，与"诗俊"陈与义等人并称为"洛中八俊"。皇帝多次招他做官，他都推辞不就。靖康之乱前，他从未出仕。

隐居，其实也常是一种沽名钓誉的把戏。以隐士之美誉驰名天下，并拒绝皇帝召见赐官，以求更大名声、更高官职的人，在中国历史上比比皆是。但在我看来，朱敦儒并非如此。他拒绝官职，是因为他根本一直是个大顽童。人生中好玩的事太多，他玩都来不及，哪里顾得上去做官，哪里顾得上去跟人斗？靖康之难南渡之后，朱敦儒填词回忆过当年在洛阳的生活："故国当年得意，射麋上苑，走马长楸。对葱葱佳气，赤县神州。好景何曾虚过，胜友是处相留。向伊川雪夜，洛浦花朝，占断狂游。"（朱敦儒《雨中花·岭南作》）"当年五陵下，结客占春游。红缨翠带，谈笑跋马水西头。落日经过桃叶，不管插花归去，小袖挽人留。换酒春壶碧，脱帽醉青楼。"（朱敦儒《水调歌头·淮阴作》）你看，他忙着骑马、打猎、访友，雪夜花朝，流连美景；忙着游春踏青，冶游青楼。何必要去做官呢？何必要早起晚睡，案牍劳形，做清官担心自身不保，做贪官则一定节操不保呢？

这位幸运的大顽童，恐怕跟贾宝玉一样，最大的梦想是做个富贵闲人，在山水、醇酒、诗歌、美人之间老去吧。而前半生也确实如他所愿，等他单纯地活到了四十五岁，劫难来了。

宋钦宗靖康二年（1127）四月，长期觊觎宋朝的金兵攻破东京（今河南开封），将宋徽宗、宋钦宗父子掳去北国，同时带走了大批赵氏皇族子弟、后宫嫔妃和贵戚、朝臣。金兵在开封大肆烧杀掳掠，城内十户九空。徽、钦二帝被掳走后，徽宗的第九个儿子赵构在南京应天府（今河南商丘）即位，改元建炎，重建了宋朝。随后，赵构携众多官员南逃至临安（今浙江杭州），定都在那里，从此，北宋灭亡，南宋开始。

靖康之乱中，朱敦儒也携家逃难，一路逃到南雄州（今广东南雄）。宋高宗登基不久，也想学明君们广纳贤才，所以下诏征集民间才德之士。有人向宋高宗推荐朱敦儒，说他文武全才，宋高宗便下诏召他，朱敦儒再次推辞不去。到了宋高宗绍兴二年（1132），又有人推荐朱敦儒，这次宋高宗直接诏令他去做右迪功郎。朱敦儒又想拒绝，有朋友劝他，皇帝目前招揽人才，是想要中兴大宋，许多名士都已经接受了圣旨，并名动天下。你一肚子的才华，难道真的要在山水之间终老？听了这话，朱敦儒大梦初醒，进京去面见高宗。在与高宗面谈时，他观点明确，议论晓畅，高宗非常欣赏，立刻赐他进士出身，授官为秘书省正字（从八品）。不久后就兼任了兵部郎官，又升为两浙东路提点刑狱。

天性单纯的人，可喜之处是一派纯真，可恨之处是一直长不大，便不能成为可堪倚重之人，非要经历巨变，才会突然成熟，突然懂得担当。对于朱敦儒来说，这场剧变，无疑就是靖康之难。他虽天性散漫单纯，骨子里却深藏着热血与抱负，当剧变来临，便有了振衣而起的可能。"金陵城上西楼，倚清秋。万里夕阳垂地，大江流。　中原乱，簪缨散，几时收？试倩悲风吹泪，过扬州。"（朱敦儒《相见欢》）想要收拾旧山河的，不只是岳飞。

只可惜，创造英雄的，不只有才能，更有个性与时势。朱敦儒个性里的天真和软弱，使得他空有一腔报国热血，却没有在官场上周旋、做事的能力；而当时的时势，更不允许他成为英雄。宋高宗并不想与金国为敌，更不想让徽宗和钦宗还朝。因此，站在主战一方的朱敦儒，即使是当真有重整山河的能力，也未必会有这个机会。岳飞被十二道金牌从战场上召回，以"莫须有"罪名死于风波亭，正是前车之鉴。

不咸不淡地做了几任闲官后，朱敦儒被右谏议大夫汪勃弹劾，说他与主战派名臣、秦桧的死敌李光关系亲密，于是被罢官。此后不久，他上疏求归，高宗准许，他便回到浙江嘉禾，继续自己的隐逸生活。

《红楼梦》里有一段关于尼姑妙玉的判词，说她"气质美如兰，才华阜比仙。天生成孤癖人皆罕。你道是啖肉食腥膻，视绮罗俗厌；却不知太高人愈妒，过洁世同嫌"。确实，以"清高、高洁"作为人设，就如扛着箭靶行走于世，很容易被人当作目标射成刺猬。朱敦儒年轻时把"隐逸、高洁"标举得太高，于是，有人想用他的"隐逸、高洁"来标举自己，也有人想拉他下水，看他出丑——无他，世人就是偏爱翻案的戏码。白化为黑，洁变作污，才有好戏可看。

明朝著名画家倪瓒倪云林，是历史上著名的洁癖患者。晚年时，他去苏州光福一家姓徐的人那里避乱。偶尔跟徐氏一起去西山游玩，喝到了那里的山泉水，觉得很是甜美，就专门雇了一个挑夫每天挑水回来喝。他的住处离泉水处有五里地之远，他要求挑夫不能换肩，要一口气把水挑回来，前桶的水用来喝，后桶的水用来洗脚，因为怕后面桶里的水沾染了挑夫的屁味。他回到自己家后，徐氏也来探望他，在他的清秘阁里流连了一阵子，吐了一口痰。为了这口痰，倪云林找遍了整个阁子，最后在院子里的桐树根下找到了，立刻便让家人打水反复洗树。他家的厕所也与众不同，厕坑里覆盖着一层雪白的鹅毛，秽物入厕，鹅毛即刻轻轻飘起，将之覆盖得严严实实，一丝臭气也无。

就是这样一个爱洁成病的人，传说中的死亡方式却是无比肮脏的。一说是痢疾而亡，一说是被朱元璋扔进茅厕淹死。这二说未必属实，却集中体现了世人对他"洁癖"的扎实嘲弄。

这种嘲弄，轻了，是乐见他人自己打脸的戏谑；重了，就是偏要在白墙上奋力涂鸦的满满恶意。世人倾向于跟他人站在一条差不多的水平线上，不论是物质还是精神，或是品德。

朱敦儒的遭遇，也差不多如此。

为了警示后人，先贤创造了多少成语：和光同尘、韬光养晦、不敢为天下先……可是，朱敦儒从来都不懂。而那些想要把他拉到同一水平线的人，也从不曾放弃努力。

宋高宗绍兴二十五年（1155），宰相秦桧将朱敦儒的儿子授为删定官（八品，主要工作是编纂、整理各种行政命令），之后，让朱敦儒做了鸿胪少卿（正六品，辅助管理朝会仪式，一个闲职）。秦桧一是想用朱敦儒这样的文人来粉饰太平，二是自己的儿子秦熺想要跟朱敦儒学诗，三则，他未必没有那种想要把朱敦儒从清高之处拉下来的恶意。这次，因为爱子而畏桧，朱敦儒从了。

命运最为戏弄人的一幕在此刻出现。

十八天后，秦桧因病死去。

秦熺想要继任为宰相，被宋高宗拒绝。

朱敦儒再度致仕还乡。

这短短的十八天，成为朱敦儒一生最大的污点。有人甚至专门赋诗来讥刺他："少室山人久挂冠，不知何事到长安。如今纵插梅花醉，未必王侯着眼看。"认为他晚节不保，白璧有瑕，甚至之前的清高，也不过是沽名钓誉。

接受了命运这一记狠辣的耳光之后，朱敦儒进入了更深的隐逸。反复思考过命运之后，他渐渐将人生看得轻淡如梦。在一阕《西江月》里他说："世事短如春梦，人情薄似秋云。不须计较苦劳心，万事原来有命。　幸遇三杯酒好，况逢一朵花新。片时欢笑且相亲，明日阴晴未定。"有人说，这种说法未免太过颓废，但生活原本不是一部励志电影，人生中有太多不可掌握的东西。你会为谁所爱，为谁所恨，谁给你一匹奔向未来的骏马，谁又在前路设下绊索……这些，并非当真都是在你手中掌握的。无畏者，大多无知，不是在知识上，就是在人事上。经过磨炼的人，不再会轻言"人定胜天"。

有一阕《西江月》，传说是朱敦儒绝笔："元是西都散汉，江南今日衰翁。从来颠怪更心风，做尽百般无用。屈指八旬将到，回头万事皆空。云间鸿雁草间虫，共我一般做梦。"① 在人生的末路，朱敦儒回到了当初的起点。他的形象再度与当年那位洛城少年重合在一起。只是，这时他已走过了太远的路，经历了太多的事。当年他曾是一杯明净山泉水，后来被世事烹煮，沸腾不安，辗转翻腾，甚

① 黄勇. 唐诗宋词全集 [M]. 北京：北京燕山出版社，2007。

至被泼进污秽，遭人齿冷。而现在，他放下一切，重新将自己融入生命的大湖。在生命的最后一刻，他选择与云间鸿雁、草中鸣虫一起安眠。

## 收束一生的三场雨水：

蒋捷《虞美人·听雨》

少年听雨歌楼上，红烛昏罗帐。壮年听雨客舟中，江阔云低断雁叫西风。

而今听雨僧庐下，鬓已星星也。悲欢离合总无情，一任阶前点滴到天明。

当你老了，鬓发斑白，晚上坐在暖炉前昏昏欲睡，回忆过往，如果这时，让你选取三个画面来概括一生，你会选什么？

我不知道自己会选什么，但，南宋末年的词人蒋捷，选了三场雨。

第一场雨，落在他生命中的春天，我甚至疑心，那也是一场春雨。

雨水落下时，词人正年轻，还是位翩翩少年。很可能一开始他并未听见雨声，听见的是歌伎的歌声与喘息声，一句"红烛昏罗帐"，轻轻点透了多少风情。红烛即将燃尽，一切已经平静，淅沥的春雨在安静的夜晚落到蒋捷心上来，带来无端的惆怅——谈不上是痛苦，过于年轻的生命并不懂什么是痛苦，何况少年时的词人，并没有需要痛苦的事。

蒋捷，字胜欲，号竹山，阳羡（今江苏宜兴）人，生卒年不详。据说，蒋家是阳羡大家，而蒋捷本人也年少成名，于南宋咸淳十年（1274）考中了进士。春风得意马蹄疾，一日看尽临安花，少年得志，无过于此。

棘手的是，蒋捷是又一位身影扑朔的古人，关于他，最确切的时间点就是考中进士的这一年。我们难以考证"听雨歌楼上"是不是发生在这一年的前后——不过，知道这个又有什么意义呢？我们只要知道，那时候，他和所有的年轻人一样，有爱，有欲，有轻狂，有青春。歌楼之上，花丛之中，灯光昏暗，罗帐轻垂，雨水的凉意浸不到身上来，因为，他正软玉温香抱满怀。

第二场雨，却是一场秋雨，落在他生命中的夏天。

一艘客船在秋雨中潜行，雨水啪啪打在船舱之上，溅起一片片玉色水花。独身卧于舱内，看见宽广的江面上阴云低压，水汽氤氲，错以为自己不小心走进了哪位画者笔下的水墨风景，因墨迹未干，空气里尽是沉沉的阴郁沁凉。想起远方的家人，还未来得及叹息，天边一只掉了队落了单的孤雁，忽然无端端叫了一声。秋气沿着大雁的叫声袭上心头：离开家乡已远了，而这也不是第一次离家，他早已熟悉了这样飘零无着的生活。江湖何处？苇花尽头，亦是他乡。

咸淳十年（1274），蒋捷中了进士。德祐二年（1276），元军攻占临安，南宋覆灭。

蒋捷的好时光太短暂，而在此时回望，那句"红烛昏罗帐"里，似乎也有几分明知好景不长、"人生得意须尽欢"的急切与不安。因为感知到危险的步步逼近，才更享受温柔乡里的昏然销魂。是有这个成分的吧，真正的诗人常常是感觉最敏锐的动物，单凭本能，便在诗词里透出预兆，这也是许多诗词日后被视为"谶语"的原因。

对汉人来说，元朝是中国历史上最为残酷、最为黑暗的朝代之一，它将国人分为四等：一等蒙古人，二等色目人，三等汉人，四等南人。一等蒙古人不用说了，二等色目人，顾名思义是指眼睛不是黑色的人种，主要指的是最早被蒙古人征服的西域人，如钦察、唐兀、畏兀儿等。第三等汉人，并不是指所有汉族人，那些淮河以北原金国境内的汉人、契丹人、女真人等以及较晚被蒙古征服的四川人、云南（大理）人和东北的高丽人才是汉人。第四等人是南人，也就是最后被蒙古人征服的原南宋境内的各族人民，及淮河以南（不含四川地区）的人。

蒋捷是南人。元朝初年，政府不允许汉人和南人担任重要官职，只允许他们充任不重要官职的副手。

当时也未恢复科举制度，汉人无法通过考试做官，只能通过推荐。元成宗大德年间，宪使臧梦解、陆兆都向皇帝推荐过蒋捷，但蒋捷全部推掉了。

即使余生不得不漂泊于江湖之间求温饱，他也不要以亡国奴的身份在"敌人的朝廷"中做官。

之后，他硬着一身骨头，在江湖之间，辗转漂泊了一生。

第三场雨，落于词人的暮色中。是什么雨已不要紧，那时的诗人，已收完了一生的雨水，再不在意这场雨的时令。

这场雨落于一座僧庐之上，而僧庐中的诗人已经满头白发，皤然一老叟了。寄居僧庐，不代表已皈依佛门，不然就不会有"鬓已星星也"，而是"濯濯童山"（光头）了。蒋捷之于僧庐，可能是寄居，也可能是路过。据考证，这个僧庐，指的是江苏宜兴的福善寺，蒋捷是寄居而非路过。若是寄居，则更显其老境的穷窘清寒。但究竟是哪里的僧庐又有何要紧呢？高明诗词之不朽，不存在于确定的意义中，而是那些脱离了具体语境却依然打动人的东西。唯有老来在僧庐下静听雨声，因已经过了世俗风雨的涤荡，了知了无常的意义，才不再在意风声雨味中的凄楚况味，不再为雨水的彻夜滴答动心，才能一任它"阶前点滴到天明"。

这样的雨水像一场死亡的预演，缓缓唤醒蒋捷的记忆：

年少时歌楼上帘幕低垂，与旧友一起，登上花外楼，撑起柳下舟；壮年离家，路过秋娘渡与泰娘桥，风正飘飘，雨正潇潇，痴想着归家后烧起心字暖香，调弄着银筝，窗外樱桃艳红，芭蕉娇绿……短暂的繁华和欣悦已经过去，长久的漂泊与苦难已经过去，一生不改的清傲与孤高也已过去。晚年的时光，挟着巨大的灰色翅翼来临。那灰色并不代表绝望，只是辛劳一生的人渴望得到的平静与安稳——

这安稳，甚至不需外现，只存在于心灵之中。

## 在北方，思念我的国：

赵佶《宴山亭·北行见杏花》

　　裁剪冰绡，轻叠数重，淡着胭脂匀注。新样靓妆，艳溢香融，羞杀蕊珠宫女。易得凋零，更多少无情风雨。愁苦。问院落凄凉，几番春暮。

　　凭寄离恨重重，这双燕，何曾会人言语。天遥地远，万水千山，知他故宫何处。怎不思量，除梦里有时曾去。无据。和梦也新来不做。

北宋政和五年（1115），原本蜗居于辽国东北一隅的女真部族在完颜阿骨打的领导下抗辽而起，建立金国。北宋宣和二年（1120），宋跨过渤海，与金订立"海上之盟"，约定一起灭辽。

　　四五年后，几乎全靠独立作战的金国把辽国打得奄奄一息。原本与辽国关系亲密的西夏，赶紧向金国递表称臣。第二年（1125），金国抓住了辽天祚帝，彻底打垮了辽国这个心腹大患。金自此占有了辽国的大片疆域，与北宋直接接壤，肘腋部位的西夏又已归降，暂时不会翻起什么波浪——攻击大宋的最佳时机，就这么出现了。

　　于是，北宋宣和七年（1125）十月，金军以宋朝破坏了"海上之盟"为理由，兵分两路，开始攻宋。

西路军从山西大同出发，连克朔州、武州、代州（今山西朔州市、神池、代县）后，在太原遭遇殊死抵抗，难以前行。东路军则从平州（今河北秦皇岛市卢龙县）一路南下，连破檀、蓟二州（今北京密云、天津蓟州），在燕山接受守将郭药师投降；之后以郭药师为先锋，直取汴京。

听闻战况，宋徽宗赵构"灵机一动"，任命太子赵桓做开封牧，打算留下他在开封留守，自己好逃往东南淮浙一带避难。太常少卿李纲认为，在此危急存亡之刻，让赵桓以太子之位来监国，分量太轻，宋徽宗必须禅位给赵桓才行。为此，李纲甚至刺臂出血，以血上疏。最终，宋徽宗于宣和七年（1125）十二月，宣布禅位。赵桓继任，改元靖康，就是后来的宋钦宗。

把担子交给钦宗后，徽宗赶紧躲去了江南。钦宗即位后，本来想向西南方向逃难，也被李纲拦住，不得不一起死守汴京。

靖康元年（1126）正月，金国东路军渡过黄河，包围汴京（今河南开封）。李纲带领全城君臣奋力抵抗。金军始终不能攻破汴京，于是在正月十日提出撤军条件，除了要地要钱，还要宋以亲王一位、宰相一名作为人质。钦宗的弟弟康王赵构（也就是后来南宋的建立者宋高宗），主动要求与少宰张邦昌一起去金军营内做人质，却因为表现过于勇敢大胆，被怀疑不是真正的皇室子弟，最后被送回朝廷，换了肃王赵枢过去。

是年二月，胃口暂时被满足的金国撤军了。

在东南逃难的徽宗虽没有对抗金国的勇气，却有着资深皇帝的老谋深算。刚即位的钦宗虽没有知人善任、挽狂澜于既倒的执政水平，却也有保卫皇位的权力本能。他们身边又各自围绕着一帮大臣，双方着实进行了一番政治、心理博弈。最终，因为钦宗皇位的正当性无法推翻，太上皇宋徽宗不得不在四月初回到汴京。一回去，就被钦宗软禁了起来：生活是奢华的，权力是没有的，自由是别想的。

到了八月，因为宋朝没有及时将太原、中山、河间三地割给金国，金太宗以违约为借口，再度兵分两路攻宋。这次太原也被攻破，金军再度顺利兵临汴京城下。令人震惊又好笑的事发生了——

主管战事的兵部尚书孙傅读丘濬的《感事诗》，发现诗中提到了三个名字，"郭京杨适刘无忌"。丘濬生活在宋仁宗时期，据说他精通周易，曾准确预测了自己的寿数，是个神人。孙傅觉得，这句诗肯定是他留给自己的启示。于是在城中遍寻三人，最终在军中找到了"郭京"。①

有好事的人说，郭京能施"六甲法"，该法术足以生擒金国猛将完颜宗翰、完颜宗望。郭京又在朝廷上展示了一下法术（差不多是魔术一类的障眼法），结果朝廷上下对郭京深信不疑，赐给他高官厚禄，让他自行募兵。

郭京募兵，什么条件都不看，只看生辰八字。他花了十天时间，招了 7777 位生辰八字合乎要求的闲汉——郭京说了，这么多兵完全够用："择日出兵三百，可致太平，直袭击至阴山乃止。"（选好日子出兵三百人，就能取得太平，一直打到金人的老巢阴山为止）

有个武将想给郭京做副将，他不同意，说："你虽然勇猛，但是明年正月就会死，恐怕会连累我。"有人提醒孙傅不能完全倚重郭京，还是要靠军队，孙傅完全不听，还说他蛊惑军心，自己不跟他计较是宽宏大量。

金军围攻越来越急，官方一再要求郭京出战，他则一拖再拖，直到闰十一月二十五日，才不得不打开宣化门出

① 出自《宋史·钦宗本纪》《宋史·孙傅传》。

兵，还下令守城墙的官兵全都下去，不得偷看。自己跟勤王来的大臣张叔夜一起坐在城楼上观看。金兵分四面鼓噪进攻，郭京之兵自然是一触即溃，尸体填满了护城河。郭京赶紧跟张叔夜说："我必须得亲自下去作法。"下了城楼，他马上带着残兵逃跑，甚至连城门都顾不上关。

当天夜里，汴京城全面沦陷。

靖康二年（1127）三月底，经过四个月左右的烧杀掳掠，金军抛下再也榨不出油水的汴京城，将徽、钦二帝，连同后妃、宗室、百官数千人、教坊乐工、技艺工匠等，共一万四千余人，及法驾、仪仗、冠服、礼器、天文仪器、珍宝玩物、皇家藏书、天下州府地图等一起押送回金国。至此，北宋正式灭亡。

这就是著名的靖康之变。在后续的南宋时期，更是明晃晃地被称为"靖康之耻"。

徽、钦二帝分别被金人辱封为"昏德公""重昏侯"，先后被囚禁在燕京（今北京）、中京（今内蒙古宁城县）、上京（今黑龙江哈尔滨市阿城区）、韩州（今辽宁昌图县）等地，最后迁至五国城（今黑龙江依兰县），在五国城待的时间最久。

　　这首《宴山亭》又作《燕山亭》，因词牌中有"燕山"二字，常被认为是徽宗在燕京时所作，或是迁移路上所作，亦有学者据词意认为其作于五国城。究竟作于何地，在历史上自有其意义，但对我们理解词意主旨，影响不大。

　　"裁剪冰绡，轻叠数重，淡着胭脂匀注。"冰绡是一种透明如冰、洁白如雪的薄绸，将其剪成花瓣，数层叠在一起，淡淡地抹上一层胭脂，就成了杏花的样子。这几句，准确地摹写出了杏花的质感、样貌、颜色，且暗示我们，他看到的是新开的杏花——新开的杏花才有淡淡的粉红，到将落之时，花瓣便变作纯白了——这种对植物花草的准确描摹，简直是赵佶的看家本领。

　　毕竟，他是中国历史上唯一一位画家皇帝。他在位期间，创建了宣和画院（相当于皇家美术学院），将书画列入科举范围，让书画家们也有进身之阶，以一己之力提升了书画家们的地位和待遇。因为酷爱工笔画，他还亲自下场创作，其传世作品《瑞鹤图》《芙蓉锦鸡图》《腊梅山禽图》等，无不工细精美，形神兼备，将工笔花鸟画带到了前所未有的高度。

　　两宋之间的著名画论家邓椿在自己的《画继》中一开

篇就说："徽宗皇帝，天纵将圣，艺极于神。"（徽宗皇帝，天赋之高接近圣的水准，艺术水平则达到了神的境界）可见在当时徽宗的艺术才能就已经是公认的了。

工笔画本就注重对事物的精细观察、准确描摹。传说中，赵佶曾观察到，孔雀欲飞时，必先举左足，在某次以孔雀为主题的画院创作中，这成了他判断画家优劣的标准。

有此人，方有此诗。唯有具备如此观察力，又喜欢工笔细摹的宋徽宗，才会以如此细致的笔墨来写杏花。

"新样靓妆，艳溢香融，羞杀蕊珠宫女。"写完形貌，再写精神。宋徽宗将杏花比作新式华美装扮、美艳而香气四溢的美人，其风姿足以让天上蕊珠宫的仙女也自愧不如。蕊珠宫是道教传说中的仙宫，宋徽宗既崇信道教，自号"教主道宗皇帝"，又长年生活于深宫之中，作此比喻，也真是自然而然之事。

"易得凋零，更多少无情风雨。愁苦。问院落凄凉，几番春暮。"正写到繁花似锦热闹处，忽然笔锋一转，无情风雨自未来逼来，美艳却娇弱的杏花完全经受不住，很容易就凋零了。留下诗人独自面对花落后的凄凉院落，满怀愁苦，思量着这是第几次面对春暮——这句诗，也成为学者考证此词作于五国城的论据之一。能经"几番春暮"之所，必然是较为稳定的。但诗词创作，也未必如此拘泥事实，且存一说吧。

在宋徽宗心里，凋落的究竟是杏花，还是他曾拥有过的无上权力、奢靡生活，还是随他北上、境遇难堪的后宫、官员等人，抑或干脆是曾繁华风雅，令金人觊觎、今人渴慕的大宋本身呢？

应该是都有的吧。

于是，这位丢失了帝王之位、丢失了整个国家的阶下囚皇帝，从一树杏花开始，在遥远的北方思念起了自己的王国。

"凭寄离恨重重，这双燕，何曾会人言语。"想凭借燕子为自己向故国捎去离恨，可恨它们何曾懂得人类的言语？再说了，"天遥地远，万水千山，知他故宫何处。"自北宋立国起，燕云十六州就不属于宋，徽宗更是自幼长于深宫，从未到过如此遥远的北方。在一次又一次迁徙中，他离中原故土更远了，可能完全找不到回去的路了。即使燕子能带去音信，只怕自己也无法为它们定位。

"怎不思量，除梦里有时曾去。无据。和梦也新来不做。"宋徽宗似乎在嗫嚅着回答谁的质问——"你不想念故国吗?"——他说:"我怎么不想呢? 可惜想也没有用,除非有时做了梦,在梦里回去。梦里的事无凭无据,本就不足深信,可我最近连这样的梦都没有做了。"

有人说,宋徽宗是因为过于悲痛而彻夜不眠,才无法再做梦了。当然不是这样。人会习惯于、麻木于一切境遇,无论多么深重的创伤和痛苦,随着时间的流逝,都会渐渐变得平常。未接受现实时,人会在梦中反复重温痛苦,反复追问,于是也反复梦见;最终接受后,梦便减少了来访的次数,留下人独自面对现实。

宋徽宗的无梦,大约如是吧。

那么,又是谁在质问徽宗呢? 也只有他自己的那颗心吧。是他的心还忍不住谆谆问他:"你所失去的,你真习惯了吗,你真接受了吗?"

从燕子不能带信,到路远不知其途,再到除非梦中相见,最后新梦都无,徽宗一层一层失望下去,终至绝望。这绝望是真的绝望,毫无挽回的可能。金人不杀他和钦宗,是一步绝妙好棋。杀了,只怕会激起南宋上下普遍的恨意,高宗也不再需要担忧二帝还朝后对自身帝位的威胁,北伐之志有可能更为坚定，岳飞"直捣黄龙"只怕会一击必中。他与钦宗活多久，对南宋的牵制就能存在多久。而后来，金世宗完颜雍又成为一代"明主"，在位期间政治清明，国力强盛，从财力、武力乃至政治影响力上，都足以令南宋束手。于是，从被掳走的那日起，他和钦宗的命运就已经注定了：

身死异国，永难还乡。

事实确实如此。金天会十三年（宋绍兴五年，1135）四月甲子日（6月4日），宋徽宗死于五国城，终年五十四岁。而钦宗甚至没在史书上留下死亡的时间和地点，南宋上下只是在绍兴三十一年（1161）五月得知了他的死讯。

清代学者王国维在《人间词话》里说，"尼采谓：'一切文学，余爱以血书者。'后主（李煜）之词，真所谓以血书者也。宋道君皇帝《燕山亭》词亦略似之。然道君不过自道身世之戚，后主则俨有释迦、基督担荷人类罪恶之意，其大小固不同矣。"

同样是"以血书者"，为何李煜被提升到"释迦、基督担荷人类罪恶之意"的高度，徽宗却不行呢？让我们简单来读一首李煜最负盛名的《虞美人》：

春花秋月何时了，往事知多少？小楼昨夜又东风，故国不堪回首月明中。

雕栏玉砌应犹在，只是朱颜改。问君能有几多愁，恰似一江春水向东流。

李煜的词明白如话，像直接从胸中捧出来的，几乎不用解释。如要解释，无非是补充一点历史背景。当然，大家都知道，李煜与徽宗一样，也是一位亡国之君。他自金陵被俘，在汴京被软禁将近三年，最后可能是被宋太宗下令毒死的。这三年中，他无时无刻不在思念故国，痛悔过去。这首《虞美人》就是他追思、痛悔的成果之一。

与徽宗精雕细琢一朵杏花的笔法不同，李煜用概括性的笔法，写了最常见、最容易引发人感慨的事物：春花秋月、小楼、面容（朱颜）、江水。正因为常见，人人都会对此有感应。他的痛悔，深藏于良辰美景的每一刻中。他甚至痛恨时光无穷无尽，而这无尽时光，每一刻都勾起他对故国、对往事的怀念。"雕栏玉砌"一句不过十二个字，却写尽了人事、时间的变迁。景依旧，人却因痛苦而改变了容颜。到最后，满怀愁绪化为长江，滚滚滔滔不懈东流。这是亡国者、失去者全都能共鸣的哀痛之音。普通人自然不可能失去一个王国，也很少会在活着时经历亡国之痛，但没有人不曾失去，不曾衰老，不曾懊悔，在这个层面上，这首词替所有"失去者"担荷了痛苦。

而徽宗呢，虽然清代词人贺裳说"无据。和梦也新来不做"与李煜词相比，"其情更惨"，有"黍离"之悲，却终不免像王国维说的那样"不过自道身世之戚"，局限于自身感受之内。甚至，在这首词里，他依旧是软弱地为自己辩解着，逃避着——我不是不想啊，是现在连梦都梦不到了。

就像金人攻来时，他说："不是我不抵抗啊，我已经不做皇帝了，新的皇帝，不是我。"

## 浩浩愁，茫茫劫，短歌终，圆月缺：

女性写下的三首悲歌

王清惠《满江红·题南京夷山驿》

太液芙蓉，浑不似、旧时颜色。曾记得，春风雨露，
玉楼金阙。名播兰馨妃后里，晕潮莲脸君王侧。忽一声
鼙鼓揭天来，繁华歇。

龙虎散，风云灭。千古恨，凭谁说？对山河百二，
泪盈襟血。驿馆夜惊尘土梦，宫车晓辗关山月。问姮
娥、于我肯从容，同圆缺。

身为女性，我总是忍不住看向历史的缝隙，在边角之处去寻找女性的身影。尤其在朝代更替之时，我们更容易看到帝王将相的更替，却很少看到女性的去向。而我总是想知道她们（其实也是我们）的命运：她们在哪里呢？她们活下来了吗？她们后来怎样了呢？

这次，让我们一起，把目光转向南宋。

南宋恭帝德祐二年（1276）正月十八日，年仅六岁的宋恭帝赵㬎在太皇太后谢道清的授意下，派使者向临安城外的元军进献传国玉玺和降表，元军首领伯颜全盘照收。

二月初五，宋恭帝率文武百官正式投降。

三月，伯颜亲自进入临安城，命人清理、登记宋宫中的礼乐祭器、册宝、仪仗、图书等物，安排官员留守管理江南，又命专人护送（挟持）恭帝赵㬎，太后全氏，多位昭仪、美人等三宫成员，以及亲王、驸马等宗室成员，多名官员及太学生、宗学生数百人，共计数千人，浩浩荡荡北上元大都（今北京）——与靖康之耻多么相似。

五月初，伯颜等人抵达大都朝拜忽必烈，忽必烈封宋恭帝为瀛国公。自此，赵㬎与全太后等三宫成员开始在北方生活，绝大多数人最后终老其间，一生未能返回江南。

在赵㬎、全太后一行人中，有位曾受封为隆国夫人、职位为昭仪，才貌双全的女子，名叫王清惠。她路过南京夷山驿（南京一说为汴京，一说为大都，我倾向于大都）时，作了一首《满江红》，凄凉沉痛，一时之间天下传诵，就连文天祥读到后也被打动，忍不住用原韵作了和词。

那么，这究竟是怎样一首词，王清惠又是怎样一个人呢？

"太液芙蓉，浑不似、旧时颜色。"白居易《长恨歌》里有"归来池苑皆依旧，太液芙蓉未央柳。芙蓉如面柳如眉，对此如何不泪垂"的句子，以"物是"来反衬"人非"。王清惠则反用其意，以"太液芙蓉"来喻指自己，芙蓉不似旧时颜色，自己也容颜更改，境遇难堪。

"曾记得，春风雨露，玉楼金阙。"现实既如此痛苦，不由得要转入回忆，忆起当年的繁华与风光。"春风雨露，玉楼金阙"既是"芙蓉"的生活环境，也是王清惠的。不同的是，芙蓉的春风雨露来自自然，王清惠的则来自君王——宋恭帝的父亲，宋度宗赵禥。

"名播兰馨妃后里，晕潮莲脸君王侧。"宋末元初陈世崇的《随隐漫录》记载："会宁郡夫人昭仪王秋儿、顺安俞修容、新兴胡美人、永阳朱梅儿、资阳朱春儿、高安朱夏儿、南平朱端儿、东阳周冬儿……黄新平，皆上所幸也。初在东宫，以春夏秋冬四夫人直书阁，为最亲；王能属文，为尤亲。虽鹤骨癯貌，但上即位后，批答画闻，式克钦承，皆出其手，然则王非以色事主，度皇亦悦德者也。""会宁郡夫人昭仪王秋儿"，就是王清惠，秋儿是她的小名。被封为昭仪之前，她曾被封为会宁郡夫人。王清惠清瘦伶仃，但"颇知书"，精通文墨，宋度宗常跟她一起笑话胸无点墨的丞相贾似道。宋度宗还是太子时，她便掌管直书阁，协助宋度宗处理内廷文书；宋度宗即位后，她更直接参与朝政，替他批复公文，可见她受宠信到何种程度。在这种情况下，她"名播兰馨妃后里"，美名传扬于后宫之中；"晕潮莲脸君王侧"，身姿常伴在君王之侧。这种才貌双全、备受宠信的繁华生活，于她而言，才是"旧时颜色"。

"忽一声鼙鼓揭天来，繁华歇。"正在这鲜花着锦、烈火烹油之际，一声鼙鼓，元军汹汹而来，繁华消散。宋度宗"及时"地死于元世祖发动总攻之时，甚至来不及立太子，就把即将溃败的江山留给了寡妇和幼儿。不到两年，江山易主，南宋灭亡。

"龙虎散，风云灭。千古恨，凭谁说？对山河百二，泪盈襟血。""龙虎"应指南宋君臣，"风云"则是南宋王朝的威势。《易经》有云"云从龙，风从虎"，"龙虎"既散，"风云"自然随之而灭。"千古恨，凭谁说"，这千古憾恨，能向谁说？只能对着眼前这明明负有长江天险、足以"以二当百"的江山，落泪纷纷，沾满衣襟。"百二"出自《史记·高祖本纪》："秦，形胜之国，带河山之险，县隔千里，持戟百万，秦得百二焉。"意思是秦国得河山险峻之利，有百万兵卒就相当于二百万。王清惠不愧是长年参与朝政之人，对南宋形势有着清晰的认知。频频出现于诗词中的典故，也足证她深厚的知识修养。

"驿馆夜惊尘土梦，宫车晓辗关山月。"这两句是记录北上路程之遥远辛苦。夜半在客馆醒来，梦中仍是一片尘土飞扬、仓皇奔波的战乱、迁徙场景；天刚清晓，装着皇族、妃嫔的宫车又已迎着月色出发赶路。"关山月"既是概指——一行人等已来到了过去的边关苦寒之地，也是一种情感上的暗示：这个词来自古乐府常用标题，通常是用来"伤离别"的。

"问姮娥、于我肯从容，同圆缺。"看到月亮，这位身陷异国、前途未卜的南宋太妃，不由想起了月宫中的嫦娥（姮娥即嫦娥）：能否允许我追随你一起生活，跟月亮一起圆缺？结尾这句，看似有随波逐流的意思，曾激起文天祥的不满，以至于他专门填了一首《满江红·代王夫人作》：

试问琵琶，胡沙外、怎生风色。最苦是、姚黄一朵，移根仙阙。王母欢阑琼宴罢，仙人泪满金盘侧。听行宫、半夜雨淋铃，声声歇。

彩云散，香尘灭。铜驼恨，那堪说。想男儿慷慨，嚼穿龈血。回首昭阳离落日，伤心铜雀迎秋月。算妾身、不愿似天家，金瓯缺。

"算妾身、不愿似天家，金瓯缺"，大意是说，"妾身"（即王清惠）不愿像赵宋王朝一样，忍受那种"金瓯缺"的状态，也就是宁为玉碎，不为瓦全——他这是暗示王清惠以身殉国。

事实上，劝王清惠殉国的文天祥，自己也被不止一人劝着、期待着殉国。得知文天祥入狱，他的同乡及曾经的部下王炎午作《生祭文丞相文》，抄写多份张贴于文天祥必经的路口，全文洋洋洒洒两千余字，铺叙文天祥必须速死的理由；羁狱期间，因琴艺被忽必烈看重的南宋琴师汪元量两次去看望他，听琴品诗之余，作《妾薄命呈文山道人》《生挽文丞相》等诗，亦在激励文天祥早日殉国。

当人成为一种信念的化身，所谓生命，也就变成了呈现信念的道具。文天祥最终为自己的信念献身，自此成为"忠义"的符号化代表。

而仍眷念着生命的普通人王清惠，被元朝指定为瀛国公的教养者，在文天祥殉国的同一日，至元十九年（1282）十二月初九，随瀛国公赵㬎等人一起，被元朝遣送至上都（今内蒙古锡林郭勒盟正蓝旗上都镇），两年后又回到大都。至元二十五年（1288），赵㬎年满十八周岁，被忽必烈遣至吐蕃（今西藏）学习梵书、西蕃字经，自此消失于正史之中。全太后出家为尼，王清惠则随之为道姑，不久后去世。

这是一位贵族女性的人生。综合来看，王清惠虽然不幸，却也大幸。前半生被宠信，后半生被尊重——她的贵族身份和超常才能庇佑了她。没有贵族身份，她难以保全性命；没有超常才能，她难以维持相对独立的生活。

而与她同时代的平民女子，即使有着同样的才情和美貌，也不可能拥有这份幸运。她们只能像马蹄下的落花一样，被任意践踏成泥。

德祐元年（1275）三月底，元军攻陷湖南岳州。次年，湖南整体沦陷，临安被侵占。就在这个时期，一位不知姓名、只知其夫君名为徐君宝的女子，被元军某将领掳走，安置于府邸之中。

从岳阳到临安，数千里行程中，该将领曾多次想要侵犯她，她每次都用巧计逃脱了。因为她实在美貌，该将领不忍心杀她。但多次不能得逞，他也着实不甘心，某天非常愤怒地想要用强，徐君宝妻说："等我祭拜一下先夫，再做你的女人也不迟。你干吗要发怒呢？"将领转怒为喜，马上答应了。

于是，徐君宝妻端端正正给自己化了全妆，打扮得整整齐齐，之后焚香祈祷，向着南方落泪，在墙上题了一首《满庭芳》，便跳进庭院的大池溺水而死。而这首《满庭芳》，此后流传七百余年。

## 徐君宝妻《满庭芳》

汉上繁华，江南人物，尚遗宣政风流。绿窗朱户，十里烂银钩。一旦刀兵齐举，旌旗拥、百万貔貅。长驱入，歌楼舞榭，风卷落花愁。

清平三百载，典章文物，扫地俱休。幸此身未北，犹客南州。破鉴徐郎何在？空惆怅、相见无由。从今后，断魂千里，夜夜岳阳楼。

面对相似的事件时，人的思考逻辑、情感反应方式常常也是相似的。与王清惠一样，面对残酷的现实，徐君宝妻开始追忆往昔。只是，她们追忆的场景完全不同。王清惠只能看见宫廷，而徐君宝妻只能看向自己生活过的城市。

"汉上繁华，江南人物，尚遗宣政风流。绿窗朱户，十里烂银钩。"汉上，泛指汉水、长江一带。这个词在南宋才出现，基本也代指了南宋的国土；江南，代指的也是南宋。宣政，则是北宋宋徽宗使用过的两个年号：政和、宣和。这两句使用互文的修辞手法，大意是说，南宋的繁华景象与人物风流，都还残留着北宋政和、宣和年间的余韵。先是概括性地从物质、人物两方面总结了南宋的状态。接着，又用细节来展示城市的富丽繁华——方圆十里，家家户户窗帘上的小银钩都在阳光下灿然闪烁，衬得成片殷实人家的绿窗朱户格外漂亮。这个小小的细节，足以证明，南宋的城市中——或者说，至少在徐君宝妻生活的岳阳，有大量较为富足的人家，过着相对精致、优裕的生活。

当然，我们也知道，宋徽宗时代那种奢华、靡费的生活，导向的是北宋的灭亡。宣和时代一结束，紧接着就是靖康之耻。在这句话里，徐君宝妻是否暗藏了对南宋君臣的指责呢？恐怕也是有的。

"一旦刀兵齐举，旌旗拥、百万貔貅。长驱入，歌楼舞榭，风卷落花愁。"与王清惠相比，徐君宝妻对元军入侵及其后果的描述更为丰富。她将元军比拟为百万猛兽，可能也与她亲身经历了战乱有关。

元军入侵岳州时，于洞庭湖击败了安抚使高世杰的水军，高世杰投降后仍被斩杀，城中守将惊恐之下举城而降。其后，元军又克广德，破沙市，屠城，一路杀进临安。岳州破城之时，元军少不了对居民进行烧杀掳掠，徐君宝妻就是此时被掳的。若她一直随军队到了临安，自然也会一路跟着看到屠城和更多的灾难。故此，对战争的残酷，元军的剽悍，她应该比王清惠认识更深。

凶悍的元军长驱直入，犹如狂风，将南宋繁华席卷而去。以"歌楼舞榭"来代指南宋的富足，是很合适的。毕竟有了足够丰富的物资，才有可能建造专供娱乐的场所。而"风卷落花愁"里的"落花"，大概指的就是如她一样的平民吧，不仅是女子，也包含一切无力自保的男性。风来时，只能随风凋零，望风而愁。

"清平三百载，典章文物，扫地俱休。"从开篇写到此处，徐君宝妻的视角都是宏大的。在这动荡末世，弱小的她在感慨自身际遇之前，先凭吊了被覆灭的南宋，被践踏的文明。北宋加南宋，共历三百一十九年。三百多年间，与辽、金、蒙等多个政权并立，常有边患，但惯于用钱买和平，花钱保平安，勉强算是"清平"了"三百载"。而

"典章文物"之盛，在封建时代可以说是空前绝后。王国维说："天水（即宋朝，因赵姓郡望为天水而称之）一朝人智之活动与文化之多方面，前之汉唐，后之元明，皆所不逮也。"当代学者陈寅恪说："华夏民族之文化，历数千载之演进，造极于赵宋之世。"当代学者许倬云也说："宋元时代，中国的科学水平到达极盛，即使与同时代的世界其他地区相比，中国也居领先地位。"而这样丰富的文明，战争一来，就如灰尘一般被扫掉了。

"幸此身未北，犹客南州。"直到此处，笔锋才转到她自己身上来。值得庆幸的是，自己还没被掳到北方去，暂时客居于南州（临安）。这句话暗寓着一种决心：那就到此为止吧，我不会再往北去了。

"破鉴徐郎何在？空惆怅、相见无由。""破鉴徐郎"用的是"破镜重圆"的典故：南朝陈代时，驸马徐德言与妻子乐昌公主情投意合，感情深厚。陈亡之际，两人破开一面铜镜，各执一半，作为日后相见的凭证。他们最终果然破镜重圆，重新聚首。岳州城破之时，徐君宝大约是与妻子失散了，故此生死未卜。而妻子宁愿相信他还活着，只是再也没有机会见到了。因为她已经下定了决心马上赴死——"从今后，断魂千里，夜夜岳阳楼"。这个结尾，让人想起苏轼的名句"料得年年肠断处：明月夜，短松冈"。她就要亲自了结自己的性命了，可惜死在临安，魂灵还需千里迢迢赶回岳州，于岳阳楼中，夜夜等着自己的夫君到来。

这个故事记载在元末明初文学家陶宗仪的《南村辍耕录》里。我总疑心，这是根据词意倒推出来的故事。毕竟陶宗仪著书之时，距元初已有百年左右。普通市民徐君宝的姓名何以能流传如此之久，其妻之事迹、心迹又是谁记录下来的呢？

但，无论这故事本身真伪，元军入侵时，类似事件却太有可能发生了。千千万万个"徐君宝妻""徐君宝姊""徐君宝妹"，在这样的时刻，迎来人生的最大变故，失掉了原有的生活，乃至失掉了性命——而这就是我们普通人的命运：

在遥远又遥远的地方，有一些我们根本不认识的人，做了一些我们完全不知道的事，在某一个瞬间，永远地改变了我们的生活。

临安沦陷十二年后，太皇太后谢道清离世，全太后、王清惠相继出家，瀛国公赵㬎入吐蕃学佛。那位曾被忽必烈看重、探望过文天祥的琴师汪元量，决意请求南归，回到南宋原本的国土去。临行之际，以王清惠为首的十八位宫人席间各自赋诗填词，为他送行。

一位名叫金德淑的宫人，写下了一首《望江南》。

## 金德淑《望江南》

春睡起，积雪满燕山。万里长城横缟带，六街灯火已阑珊。人立玉楼间。

这阕小令只有 27 个字，却因意境的"重、拙、大"，被视为"重剑无锋、大巧不工"之重作，更因内容的悲壮与沉痛，被看作"亡宋之挽词"。

起笔"春睡起"，使人误以为接下来是"绿柔红嫩""蜂喧蝶嚷"的江南春景，却不料紧跟而来的是"积雪满燕山"——这一瞬间，错愕的不只是读者，恐怕也有作者。

放眼望去，眼前没有"千里莺啼绿映红，水村山郭酒旗风"，而是"万里长城横缟带，六街灯火已阑珊"。积雪覆满长城，宛如一条长长的缟带——是为谁穿的孝服呢？"六街"原指唐首都长安的六条中心大街，后来泛指京城——汴京也是有六街的。长城素白，在为谁穿孝？京城街道黯然，灯火已残。配上词牌名"望江南"，词人心意，宛然可掬。

"人立玉楼间"，午睡醒来，一切都像是一场梦。梦中有温暖繁华的江南，有富贵优游的岁月，有富庶优雅的故国……而当下，只有满山积雪，扑面寒意，阑珊灯火。于是她久久伫立，在意念中，为失去的这一切穿孝。

十二年了。

王清惠等人抵达大都的第二年，临安故宫已因民间失火烧毁，之后，元朝江南释教都总统杨琏真迦盗掘了110座南宋皇家陵寝、大臣墓冢，又在故宫残留的台基上建了五寺一塔。汪元量纵然南归，所见亦是面目全非。

德祐二年（1276），恭帝向元军投降之时，南宋礼部侍郎陆秀夫、检校少保张世杰正在护着皇子赵昰、赵昺逃跑。之后，他们立赵昰为君，建立了南宋小朝廷，继续对抗元朝。赵昰死后，又立赵昺。最终，南宋祥兴二年（1279），在崖山（今广东新会）海战中，小朝廷被元军一举击溃，陆秀夫背负赵昺跳海殉国。赵宋一脉余绪，至此彻底消亡。

崖山海战之前，文天祥已在广东五坡岭被俘获。文天祥在元大都被监禁三年，忽必烈以高官厚禄相诱，而他始终不曾屈服，最终被杀。

燕山雪融几度，荞麦返青几回？如果有墓地，徐君宝妻的坟上，芳草已盛衰过一旬，而金德淑等人心中的江南，恐怕也渐渐模糊了模样，忘记了细节。但在那刚刚消散的梦里，或许，还有温暖繁华的江南，富贵优游的岁月，富庶优雅的故国……而她们正说着笑着，俏生生地把秋千荡到天上去。

# 后　记

　　本书以"情"为落脚点，注重对词作情感的感受和阐发，亦注重史实的准确度和态度的中立性，创作过程中，笔者查阅了大量图书、论文及相关资料，力求贴近时代背景。

　　在涉及作者生平及史实的词作中，除会对名词、典故加以解释外，笔者还会查阅当时的气候状况、地理环境、距离远近等信息，以求得到更为准确、清晰的理解。如解读陈亮词作时，测算了他与辛弃疾、朱熹约定见面的地点分别距三人住处的距离，以方便读者了解陈亮"为朋友着想"的性格侧面；解读刘克庄词作时，则考证了题目所写"风亭驿"即今福建省仙游县枫亭镇，为其饯行的好友王迈正是仙游人。并查询到，刘克庄创作此词时，中国正在第三次寒冷期之中，多次出现极寒天气，所以福建人刘克庄写"天寒路滑马蹄僵"，并非艺术夸张，而是实事。类似细节，文中还有多处。

在涉及重大史实的文章中，笔者尽力做到多方核实，不以孤证、野史入书，哪怕相关资料具备极强的故事性和感染力，也会忍痛放弃。解读赵佶作品时，涉及"靖康之耻"的部分，查阅到有一部名为《靖康稗史》的野史，详细记录了宋廷多位帝姬（即公主）在靖康之耻中的经历，如被宋徽宗拿去抵交给金军的金银、被金统治者强娶、随金军北上时自杀等，可谓极具戏剧性和感染力。但经多方考证及深入思考，笔者确认此书为清末文人炮制的伪书，历史上帝姬们的遭遇目前信史确无详细记载，便不予采用。

全书词作以上海辞书出版社《唐宋词鉴赏辞典》（2016年版）为底本，在此统一说明，文中不再加注。数首该书未收录的词作，则以页下注的方式，在文中注明。

虽遵循了以上标准，但限于个人水平，文中错讹必然存在。敬请各位多加包涵，并不吝赐教。

# 参阅论文及书目（部分）

1. 李最欣. 美的内涵是什么，美的力量有多大——韦庄《思帝乡》（春日游）批判 ［J］. 台州学院学报，2012，34（5）：62-65 +70.

2. 高锋. 论花间二牛词 ［J］. 怀化师专学报，1999（3）：41 -43.

3. 林语堂. 苏东坡传 ［M］. 长沙：湖南文艺出版社，2018.

4. 黎智. 苏轼中岩传说考论 ［J］. 文化创新比较研究，2022，21（6）：98-102.

5. 赵银芳. 苏轼论"豪放""婉约"——兼谈宋代"豪放""婉约"词论的宏观嬗变 ［J］. 中国苏轼研究，2016（1）：212-223.

6. 王水照，崔铭. 欧阳修传 ［M］. 北京：人民文学出版社，2018.

7. 彭民权. 从晏殊、欧阳修之交恶看晏殊对韩愈的评价 ［J］. 文化与诗学，2014（2）：165-176.

8. 邵明珍．论晏殊被"污名化"的深层原因［J］．苏州大学学报（哲学社会科学版），2018，39（6）：132-139.

9. 魏梓淇，陈蕾．论晏殊闲情词的历史渊源与艺术特色［J］．青年文学家，2023（20）：126-128.

10. 窦珊珊．秦观词中的"闲愁"浅析［J］．剑南文学（经典教苑），2011（6）：50.

11. 张希清．庆历新政失败的主要原因：士大夫与天子"共治天下"的破裂［J］．中原文化研究，2024，12（3）：87-98.

12. 张多勇．宋代大顺城址与大顺城防御系统［J］．西夏学，2011（1）：46-56.

13. 陈祖美．散论《稼轩词》对《易安词》的嗣响［C］//中国李清照辛弃疾学会，上饶师范学院中文系．2003中国上饶辛弃疾国际学术研讨会论文集．中国社会科学院文学所古文室，2003：3.

14. 陈祖美．惊起一滩鸥鹭：李清照的悲喜人生［M］北京：北京出版社，2022.

15. 彭国忠．赵明诚李清照夫妇《金石录》存在的问题［J］．历史文献研究，2016（1）：271-289.

16. ［美］艾朗诺．才女之累：李清照及其接受史［M］上海：上海古籍出版社，2017.

17. 丁楹．历史漩涡中的南宋迁岭文人张孝祥［J］．古典文学知识，2018（4）：35-44.

18. 秦冬发．张孝祥在桂林二三事［J］．广西地方志，2022

（5）：61-64.

19. 辛更儒．辛弃疾新传［M］北京：北京联合出版公司，2023.

20. 关锡耀．辛弃疾与南宋君臣关系考论［D］．华中师范大学，2017.

21. 王春庭．辛弃疾《美芹十论》试析［C］//上饶师范学院，铅山县人民政府．纪念辛弃疾逝世800周年学术研讨会论文汇编．漳州师范学院中文系，2007：4.

22. 张冲．南宋归正人若干问题研究［D］．河北大学，2014.

23. 邱阳，杨吉春．陈亮生平与家世相关文献与研究综述［J］．长春工业大学学报（社会科学版），2014，26（6）：104-108.

24. 邱阳．辛弃疾与陈亮交游考述［J］．东北师大学报（哲学社会科学版），2022（2）：82-88.

25. 邹伟文．黄庭坚入黔时踪、《藏镪札》新考及交游拾遗［J］．中国国家博物馆馆刊，2022（1）：106-117.

26. 陈维国．试论北宋文字狱对黄庭坚诗歌创作的影响［J］．宜宾师专学报，1988（1）：24-28.

27. 牛维鼎．论赵挺之——一个正直的封建改革家［J］．安徽教育学院学报（社会科学版），1986（1）：49-55.

28. 杨庆存．中国古代传世的第一部私人日记——论黄庭坚《宜州乙酉家乘》［J］．理论学刊，1991（6）：85-88.

29. 王正．朱熹六劾唐仲友新考［J］．台州学院学报，2019，41（4）：1-7.

30. 谢谦. 朱熹与严蕊：从南宋流言到晚明小说 [J]. 四川师范大学学报（社会科学版），2010，37（5）：74-78.

31. 陈寒鸣. 略述唐仲友与其经制之学 [J]. 国学学刊，2015（2）：13-19+142.

32. 周炫，陈建森. 从师友交游看刘克庄的文学及仕途 [J]. 学术研究，2011（9）：139-145.

33. 侯体健. 刘克庄的文化性格与其文学精神的塑造 [J]. 文学遗产，2011（4）：73-81.

34. 小林晃. 南宋后期史弥远专权内情及其嬗变 [J]. 国际社会科学杂志（中文版），2020，37（3）：+5+10，57-68.

35. 张轶芳. 几曾着眼看侯王——试论《樵歌》中的隐逸词及朱敦儒的隐与仕 [J]. 科学大众（科学教育），2009（10）：136.

36. 刘宇杰. 朱敦儒词中的忏悔意识探析 [J]. 乐山师范学院学报，2020，35（9）：18-25.

37. 郁玉英，覃艳红. 宋人品词与品人双重评价下的朱敦儒及其词论析 [J]. 东华理工大学学报（社会科学版），2022，41（2）：142-149.

38. 郑树平. "淡处还他滋味多"——蒋捷词艺术特征论析[J]. 潍坊教育学院学报，1988（1）：11-16.

39. 张翼. 从《竹山词》中的生命意识看蒋捷的遗民心态 [J]. 名作欣赏，2017（27）：92-94+109.

40. 王长顺. 赵佶词《燕山亭·裁剪冰绡》的索解和辩证——兼

与唐圭璋先生商榷 [J]．教学与管理，1989（6）：58.

41. 温洪清，廖怀志．宋人蔡鞗撰《北狩行录》记述徽钦二帝在五国城的囚禁生活 [J]．黑龙江史志，2007（8）：39-40+59.

42. 陈忠海．从金融视角看北宋的灭亡 [J]．中国发展观察，2020（23）：78-80.

43. 李利峰．北宋灭亡的导火索——辽兴军节度副使张觉叛金降宋事件 [J]．档案天地，2017（1）：16-18.

44. 周喜峰．北宋徽钦二帝在黑龙江 [J]．奋斗，2019（2）：70-71.

45. 屈广燕，王颋．《满江红》与宋昭仪王清惠 [J]．文艺评论，2013（12）：139-143.

46. 程亦军．《宋旧宫人诗词》真伪考 [J]．文学遗产，1984（2）：136-137.

47. 范垂新．汴京何处夷山驿——关于王清惠《满江红》的写作地点及其缘起 [J]．沈阳师范学院学报（社会科学版），1997（1）：15-16.

48. 缪钺．论王清惠《满江红》词及其同时人的和作 [J]．四川大学学报（哲学社会科学版），1989（3）：51-54.

49. 雷江红．宋代汉民族精神沉沦的挽歌——解析宋徐君宝妻《满庭芳·汉上繁华》[J]．吕梁学院学报，2013，3（4）：9-10+39.

50. 闫雪莹．亡宋北解流人诗文研究 [D]．东北师范大学，2012.